무주에 어디 볼 데가 있습니까?

무주에 어디 볼 데가 있습니까?

1판 1쇄 인쇄 2019년 5월 25일
1판 1쇄 발행 2019년 6월 5일

—

기획　무주산골영화제
지은이　정원선

—

발행처　도서출판 해토
발행인　고찬규

신고번호　제313-2004-00095호
신고일자　2004년 04월 21일

주소 (121-839) 서울특별시 마포구 양화로7길 84 영화빌딩 4층
전화 02-325-5676
팩스 02-333-5980

값은 표지에 있습니다.
ISBN 978-89-90978-38-7 03810

무주에 어디 볼 데가 있습니까?

정원선 지음

해토

차례

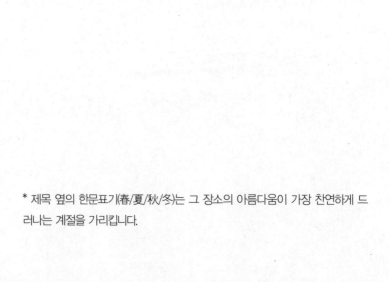

* 제목 옆의 한문표기(春/夏/秋/冬)는 그 장소의 아름다움이 가장 찬연하게 드러나는 계절을 가리킵니다.

소금가마 기웃거리며 돌아오는가
열두 고개 타박타박 당나귀는 돌아오는가
방울 소리 방울 소리 말방울 소리 방울 소리

— 이용악 詩, "두메 산골"

春·夏·秋·冬

그럴 리가 없잖여!

무주군 설천면 길산리
지전마을의 옛 담장길

그럴 리가 없잖여!

무주군 설천면 길산리
지전마을의 옛 담장길

'초짜'라는 꼬리표를 달고 있는 사람들에게는 무조건 친절하
자, 는 인생관을 가지게 된 건 15년 전이다. 뭣도 모르고 기자생
활을 시작했을 땐데, 덜컥 첫 취재처로 잡힌 곳이 국회였다. 지
금도 크게 달라지지 않았을 거라 생각하지만, 그때는 더더군다
나 악명이 높았다. 사무처는 편의를 봐주는 척 하면서 전혀 신
경도 안 썼고, 국회 보좌관들은 대놓고 무시했다. 신입이니까 이
렇게 해서 저렇게 하면 됩니다, 라고 가르쳐 주는 곳은 어디에
도 없었다. 기자 선배들도 그러했는데, 하물며 취재 대상들이야!
부딪히고 깨지고 울어 봐야 깨닫는 거라고 편집장은 내 쪽을 쳐
다보지도 않은 채 으름장만 놨다. 난감했다. 기자로 취직하는 법
을 가르쳐주는 학원은 있는데, 기자로 살아가는 법을 가르쳐주
는 학원은 없었다. 여의도 식당에서 밥만 먹다 하루하루를 보냈
다. 그렇게 쓴 첫 번 째 기사는 99.9% '소설'이었다. 그 뒤로 신
입생, 신입사원, 이등병, 관광객, 이방인, 아이들에게 아주 친절

해졌다. 문제는 가끔 불평을 듣는다는 사실이다. 선배, 처음엔 그렇게 잘 해주더니 왜 요즘은 무뚝뚝해요?(처음에 잘 해줬으면 됐지, 내가 평생 호구냐!) 야, 너는 얼굴 싹 바꾸기야!(얌마, 네가 술 좀 사봐라! 나도 남이 사는 술 먹을 줄 안다!) 형, 왜 이렇게 바쁜 척 해?(예나 지금이나 바쁜데도 시간 빼서 너 도와준 거거든. 이번엔 또 무슨 떼를 쓰려고!)

오냐오냐 키우면 버릇 나빠진다더니 사람들 참 얄궂다. 필요할 때 도와주면 필요할 때만 찾는다. 저 모자란 데만 채우고 나면 그뿐, 상대방에는 더 이상 관심조차 없어진다. 역시 선배들이 뚱한 건 이유가 있었어! 이럴 거면 처음부터 쌀쌀맞았어야 하는 건데. 그러다가도 다시금 마음을 고쳐먹게 된다. 그래도 초짜한테만큼은 잘 해줘야지. 막막할 때 손을 내밀어준 이들처럼 고마운 사람은 없으니까. 나도 그런 사람이 되고 싶으니까.

딱 10년 전에 전통 담장 취재를 다녀온 적이 있다. 2006년에 유홍준 선생이 청장으로 재직할 때, 문화재청은 전국의 마을 10곳의 옛날식 담장을 유형문화재로 지정해 보존을 천명한 바 있다. 언론이 앞다퉈 취재했다. 그 대열에 나도 있었다. 담장이 전국에 흩어져 있는 덕분에 품이 만만찮게 들었다. 지역마다 특성이 세분화되고 지향하는 바도 달라서 여기가 최고, 라고 꼽기는 쉽지 않았다. 그중에 무주군 설천면 길산리 지전마을도 있었다(제 262호). 개인적인 감상으로는 가장 밋밋하게 느껴지는 담장이었다. 화려한 꽃담이 눈에 확 들어오지, 굳이 평범한 흙돌담을. 그런 생각이었다. 취재를 마치고 서울로 돌아오는 길에 같이 갔던 선배가 물었다. 지전마을이 제일 좋지 않니? 이게 무슨? 전혀요. 선배, 안경 갈아야겠수다. 내 핀잔에도 선배는 빙그레 웃기만 했다. 그때 기사 사진은 내 고집으로 다른 고장의 꽃 담장이 실렸다.

필자가 책을 쓸 때의 원칙은 한 지역에 관해 이야기 할 때 최소한 사계절을 겪어본다는 것이다. 원칙은 원칙일 뿐인 터라 사계절,

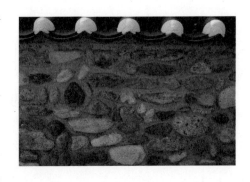

딱 1년만 지내는 데 그치지 않고 보통은 2년에서 3년 정도를 살게 되곤 한다. 같은 장소를 계절을 달리 해서 최소한 네 번 가보고, 좋다 싶으면 그 다음 해에도 또 간다. 그러다보면 마음에 맺히는 장소가 있고, 그 지역의 자질구레한 구석까지 어느새 알게 된다. 주민들과도 인사를 나누게 되고, 일없이 혼자 가도 말 붙일 사람 한둘 정도는 생긴다.

취재 이후 처음으로 지전마을에 들렀다. 예전에 한번 와본 곳이니까. 그때 공부도 할 만큼 했으니까. 크지도 않은 동네, 한 바퀴 휙 돌면 그만이지. 아는 곳이니까 대충 하면 되겠지 하는 안이한 심경으로. 초짜의 마음, 그러니까 초심初心을 잃어버리면 결과는 아주 뻔하게 된다. 필자가 마음을 주지 않은 장소에

13

독자도 마음을 두지 못한다.

이미 가 본 곳이라서 처음엔 친구들과 다시 찾았다. 무주읍에서 가깝고 반디랜드와 태권도원과도 지척이라 오며가며 들르기 맞춤한 거리다. 자동차를 지전마을회관 앞에서 세워놓고 여름날 담장길을 걸었다. 귓청이 떨어져나가라 매미들 울어대는데 갑자기 소나기가 내리면서 일순간 사위가 고요해졌다. 쾌청할 때는 몰랐는데, 비에 젖고 보니 담장의 무채색이 더욱 또렷하니 근사해진다. 젖을까봐 사진기를 가져오지 않은 게 아쉽다. 비가 그치고 다시 매미가 울기 시작하면서 잠깐 멈췄던 세계가 다시금 돌아가는 느낌이다. 마을 아래쪽 물가의 삼백 살 넘게 먹은 아름드리 느티나무 그늘은 소문나지 않은 피서지다.

겨울엔 혼자 들렀다. 굵은 눈송이가 높은 데서 실뭉치를 떨어뜨리듯 천천히, 아주 천천히 내리는 가운데 아스팔트 깔린

겨울의 지전마을 (사진 제공 : 무주군청)

골목길 켜켜이 눈발로 덮인다. 집집마다 연통으로 불때는 희뿌연 연기들 아스라이 흩날리는데, 인적 없이 가끔 개짖는 소리만 들리는 산촌이 조선화 한 폭처럼 고적하다. 홀로 검었던 나무들

가지까지 흰 털옷을 걸치며 회색빛으로 희미해져 간다.

　지인과 봄날에 또 왔다. 동네 할아버지 세 분과 군청 직원 둘이 기와 한 귀퉁이가 무너진 담장을 손보고 있다. 기와가 비껴난 자리에 물이 스며들면 담 전체가 녹아서 무너진다고들 했다. 기와가 쓸모가 있는 거네요. 단순히 모양새가 아니라. 쓱 끼어들었더니 그중 한 분이 친절하게도 덧붙여주셨다. 대충 만든 것처럼 보여도 담장 쌓기는 몇 백 년 동안 전승해 온 마을 고유의 기술이라고. 진흙과 돌 모두 여기서 나는 천연재료이며, 기와가 있고 없고가 돌담의 내구성을 좌우하는 중요한 차이가 된다고. 보면 알겠지만, 이 담장은 누군가를 배척하기 위해서라기보다 안팎을 구분하기 위해 지은 거라고. 그래서 집에서도 밖에서도 넘겨다 볼 수 있을 만큼 낮고 푸근한 거라고. 나무를 지키기 위해 담장 사이를 비우기도 한다고. 왜? 살아있는 것들이 더 소중하니까. 서민들 옛집에는 치장을 위한 치장 같은 건 없다고. 만약 장식을 넣었다면 반드시 기능적으로 이유가 있는 것이라고. 흙돌담에 얹은 이 기와처럼.

　늦가을엔 가족과 찾았다. 동네에는 감나무가 그득했고(그제야 그게 감나무인줄 알다니!) 가지마다 가득 열린 감들이 수줍게 붉었다. 몇 집만 빼고는 수확하지 않은 채 그대로 놔둔다고 했다. 먹을 사람도 없고, 곶감을 해도 품에 비해 돈이 안 되고 해서. 감은 무주에서, 특히 지전마을에서 일종의 가로수, 또는 미학적 역할을 담당한다. 손주 낳은 딸내미 주려고 올해도 곶감을 내건다는 아주머니 한 분이 말했다. 유황 처리 안 하면 시커멓게 되는데 실은 그런 게 몸에도 좋고 맛도 더 나은 진짜 곶감이거든. 근데 거무죽죽한 곶감은 아무도 집어들질 않아. 팔려고 독성 있는 유황연기를 씌우자니 죄짓는 것 같아. 학생(그분은 저를 이렇게 부르셨다! 결코 미화가 아니다.)은 꼭 알아둬. 자연산은 예쁘지 않아. 그럴 리가 없잖여.

몇 년 동안, 내리, 수도 없이 들르면서 그제야 나도 알게 됐다. 이 흙돌담이 다른 마을의 옛담들에 비해 대단찮아 보였던 건 그 특유의 자연미 때문이란 걸. 높이 쌓아 위세가 있어 보이지도 않고, 일부러 무늬를 넣어서 화려해 보이지도 않으며, 특정한 색깔을 내려고 원재료를 쥐어짜지도 않았지만, 대신 어디 하나 자극적인 데가 없이 편안하고 슴슴하며 아늑하단 걸.

이 낮은 돌담길이 주는 특별한 매력은, 그 길을 걷는 사람들을 억압하지 않는다는 점이다. 이른바 휴먼 스케일(Human Scale). 다시 말해, 자동차를 위해 만들어진 게 아니라 애초에 사람을 기준삼아 걷는 이가 편안하고 즐거울 수 있도록 설계한 것이라는 점. 그래서 지전마을 담장길은 자동차로 달리면 그 묘미를 알 수 없다. 오직 걸어야만 체감할 수 있다.

돌담만이 아니라 옛 마을들에서 우리가 느끼게 되는 정감들도 실은 그로부터 연유하는 거겠다. 기술이 아무리 발달해도, 우리는 결국 초월적 존재가 못 된다. 사람은 자연의 일부이고, 자연 속에서만 우리는 비로소 긴장감을 벗어던지고 편안해 질

수 있다. 흙돌담이나 옛 마을은 사람이 지었지만 그대로 자연의
일부였다. 그것들은 여전히 우리에게 손을 내민다. 예나 지금이
나 변함없이 첫 마음 그대로.

　지전마을에서 돌아와 찾아보니 곶감 만드시던 아주머니가
하셨던 말씀은 고전과 불경에 두루 인용되는 고사성어였다. 진
광불휘眞光不輝. 진짜 빛은 찬란하지 않다. 당신 말씀이 맞다. 암
요! 그럴 리가 없죠!

① 지전마을 옛 담장길은 무주군 설천면 길산리 48-1에서부터 시작된다. 마을회관 앞에 차를 세우고 담장 따라 동네 안팎을 끌리는 대로 거닐면 된다. 아울러 천변의 느티나무 군락지까지 거닐면 더욱 좋다. 분명히 말하지만 재미가 솔찮혀다.

② 무주공용버스터미널에서 미천, 설천 방향 군내버스를 타고 20분쯤 달려 산계 정류장에서 내리면 안쪽으로 들어가면 바로 지전마을이다. 그러나 배차 간격이 뜨문뜨문한 버스 편으로 이동하라 권하기가 좀 그렇다. 차로 이동하는 편이 아무래도 쉽겠다. 15분 가량 걸린다. 택시로는 대략 16,000원선.

③ 동네에는 점방이나 식당이 없다. 가까이에 곤충박물관인 반디랜드(063-324-1155, 무주군 설천면 무설로 1324/설천면 청량리 1100, http://tour.muju.go.kr/bandiland)가 있어 숙박과 식사가 가능하지만, 그쪽은 관광객들 상대라 물가가 아무래도 비싼 편이다. 무주읍내의 시설을 이용하는 편이 실속있겠다. 숙소와 맛집 안내는 반딧불축제 편을 참조하시길.

春·夏·秋·冬

길모퉁이 작은 식당

무주읍내 남대천변 어복식당

길모퉁이 작은 식당

무주읍내 남대천변 어복식당

첫 인상이 영 좋지 않았다.

점심을 먹자고 친구가 데려간 곳은 여관 뒤에 옹색하게 붙은 가건물이었다. 그것만으로도 심란한데, 입구 좌우로는 들통, 분쇄기, 과실주병 같은 식당 살림들이 아무렇게나 늘어서 있었다.

자리를 잡고서 메뉴판을 올려다보니 더 불안해졌다. 돼지두루치기에 오리주물럭, 새우튀김에 막창구이, 삼겹살에 닭볶음탕······. 육, 해, 공을 전부 망라한 술집 겸 밥집인 모양. 가짓수 많은 음식점이 잘 할 리가. 식사꺼리로는 김치찌개, 된장찌개, 추어탕, 민물새우탕이 있기에 개중 새우탕을 골랐다. 그나마 특색이 있을 듯 하여. 나머지는 어디서도 먹을 수 있는 거니까. 때는 초여름, 선풍기가 탈탈탈탈 소리를 내며 돌아가고 있었다.

냄비가 상 한 켠에 놓인 휴대용 가스버너에 오르고 밑반찬이 몇 접시 깔리는 걸 지켜보다가 옆자리로 눈을 돌렸다. 다른 손님들은 뭘 드시나. 추어탕이나 새우탕 둘 중 하나였다. 혼자 오신 분들은 개별뚝배기로 나오는 미꾸라지탕, 단체손님은 새우냄비, 그런 식이었다.

식당 내부도 단정한 편은 아니었다. 직접 만든 식료품을 팔기도 하는지 계산대에는 이름표가 붙은 유리병이 줄줄이 서 있었고, 그것도 모자라 그 위로는 작은 꽃병, 가장자리에는 위태롭게 어슷 놓인 사각 어항까지 비좁게 끼어 있어 신용카드를 주고받거나 지폐를 내고 거스름돈을 돌려받을 때 뭐 하나 떨구게 되지 않을까 걱정스러웠다. 창고가 따로 없는지 에어컨 위엔 냄비뚜껑, 커피 자판기 위엔 후추통, 자외선 식기소독기 상판엔 두루마리 휴지가 알 수 없는 물품들과 함께 아슬아슬하게 버티고 서 있었다. 한소끔 끓었으니 먹자며 친구가 한 국자 퍼서 대접을 넘겨줄 때까지 속으로 여러 번 혀를 찼다.

인상을 팍 찡그리며 한 숟갈 떠서 입 안에 집어넣었다. 맹탕이거나 아니면 조미료 맛만 나지 않을까 조마조마하며. 그 순간,

우르릉 쾅, 머릿속에 천둥이 쳤다.
아니면 빠바바 밤, 음악이 들렸던가. 그 뻔한 베토벤의 '운명'.

먹을 만하지?

친구가 물었는데, 나는 국물로 가득한 입으로 응응, 제대로 대답도 않고 연신 숟가락질만 했다. 순식간에 한 대접을 비우고,

다시금 대접을 퍼담고 나서야 내가 먹는 음식이 그제야 눈에 들어왔다.

야채와 버섯, 무를 넣고 만든 육수에 손톱의 반달무늬만큼 조그만 민물새우를 넉넉히 넣고 칼칼한 양념을 더한 후 손으로 반죽해 넣은 수제비도 한 움큼 풀어서 시원하고 얼큰하며 든든했다. 계속해서 떠먹고 싶은 개운함과 입맛을 확 잡아당기는 칼칼함이 냄비 속에서 공존하면서 쫄깃한 수제비, 부드러운 쌀밥과 어우러져 묘한 조화를 이룬다. 어르신들이 욕탕에 들어앉아 땀이 송골송골 맺힌 얼굴로 씨원~하다고 말하는 걸 이해할 수 없었는데, 이럴 수가.

거들떠보지 않았던 반찬에도 계절감이 물씬 드리워져 있었다. 기본찬인 김치, 깍두기, 어묵볶음은 그렇다 쳐도, 나머지 접시는 제철 채소

어복식당의 민물새우탕

로 만든 것들이었다. 겨울에는 햇감자를 포실하게 구운 후에 깨를 뿌려 고소함을 더한 게 나왔고, 봄에는 무주산 버섯과 호박을 되직하게 데친 것이, 가을에는 기름 넣고 볶은 미역줄기에 홍당무 한 조각을 넣어 색깔궁합까지 맞춘 게 나왔다. 가끔 고사리나 더덕이, 때에 따라 숙주와 콩나물이, 포항초와 파김치가 곁들여지기도 했다. 이 말은, 그 후로 내가 사철 내내 어복식당을

한 번도 빠지지 않고 들렀다는 뜻이겠다.

왕왕 사장님께 캐물은 바, 민물새우는 남대천에서 잡힌 놈을 쓴다고. 추어탕의 미꾸라지도 국산이 수급될 때는 국산을, 그렇지 못할 때는 중국산을 반 섞어 쓴단다. 그밖의 재료도 최대한 무주에서 나는 걸 쓴다고. 주로 (무주)군민들이 단골인 허름한 식당이라 추수 때가 되면 이것저것 갖다주는 게 많아서 자연스럽게 지역 특산물 비중이 높아진다는 이야기다.

밥 한 공기를 깨끗이 해치우고 나서도 냄비를 계속 국자로 휘젓다 친구한테 지청구를 들었다. 새끼새우 한 마리도 놓치고 싶지 않았던 것뿐인데. 일어나자고 그가 채근할 때까지 질척거리며 자리를 뭉갰다. 반찬 접시까지 싹싹 비워 더 이상 손댈 게 없는데도 자꾸만 상머리를 지키고 싶은 심정은 미련이 남아설까 미련해설까.

셈을 치르고 식당을 나설 때 엇갈리며 들어오는 장년의 사내가 양팔과 얼굴이 하도 검붉어 슬쩍 넘겨다봤다. 그는 양파자루 하나를 계산대 밑에 내려놓고는 선물이여, 담에 올게, 하고는 도로 나가버렸다. 나와는 반대쪽 방향으로 빠르게 사라지는 그를 뒤늦게 쫓아나온 사장님은 어느새 잘 보이지도 않게 된 남자의 등 뒤에 대고 뭐라뭐라 소리쳤는데 똑똑히 들리지는 않았지만 한 그릇 먹고 가지 그냥 가냐 같은 정겨운 투정인 듯 했다.

벌써 한참 전에 그는 사라졌을 텐데, 사장님은 후다닥 뛰쳐나온 모습 그대로 오래도록 그 자리에 붙어 서 있다. 그 뒷모습에서 이상하게도 눈을 떼기 어려웠다. 당신의 모양새가 딱 어복식당 같아서. 어디에나 있을 법한, 그러나 실은 아무데도 없는 진짜배기 시골 밥집, 낡고 허술하나 더없이 순순한 길모퉁이 작은 식당. 무주읍 당산리 남대천변 어복식당.

① 어복식당(063-324-9913, 전라북도 무주군 무주읍 당산리 1239-4, 무주읍 당산강변로 184)은 무주 공용(共用)버스터미널로부터 걸어서 5분 거리, 무주군청에서 3분 거리, 등나무운동장에서 2분 거리에 있어 어디서든 찾아가기 쉽다. 입구가 남대천과 붙어 있어 식후에 가볍게 산책하기도 맞춤하다. 식당 앞길은 반딧불 축제, 남대천 물 축제 등 무주의 대형 행사가 열릴 때마다 난장이 펼쳐지는 장소라서 이모저모 구경할 게 늘어난다. 그럴 때면 어복식당도 좌판 하나를 깔고 인삼튀김, 표고버섯전 같은 주전부리를 팔며 슬쩍 끼어들기도 한다.

② 무주읍 중심가에 속해 가성비 높은 숙소를 구하기 쉬운 곳이다. 바로 뒤에 J모텔(063-322-8998, 무주읍 당산리 1238, 무주읍 한풍루로 323)이 있고, 공용터미널 부근에 이리스모텔(063-324-3400, 무주읍 당산리 720, 무주읍 한풍루로 381-7)도 있지만 개인적으로 가장 마음에 들었던 곳은 2018년에 리모델링한 기린모텔(063-324-5051, 무주읍 읍내리 856-4, 무주읍 단천로 74)이었다. 대도시의 모텔 수준에 가장 가까운 곳이기도 했고, 공무원을 하다 퇴직한 주인장의 친절함도 한몫 했다. 무주 읍내에는 호텔이 없다.

春·夏·秋·冬

풍경의 옹호

무주 곳곳에 드리워진
정기용의 공공건축

풍경의 옹호

무주 곳곳에 드리워진 정기용의 공공건축

1. 면사무소를 지으랬더니 엉뚱한 건물을 세운 사람

애초에 무주군과 맺었던 계약은 '면사무소'를 다시 지어달라는 간단명료한 주문이었다. 예산과 공사기간만 확정되었을뿐 까다로운 부대조건이 딸려 있지 않은, '알아서 해주시라'는 식으로 건축가의 재량권을 최대한 확보해 준 다분히 호의적인 의뢰였다. 일반적인 경우라면, 주문을 받은 건축가가 자신의 서울 사무실 직원들에게 지시해 다른 면사무소의 사례를 참고하여 '조금 다르게 보이지만 실은 엇비슷하게' 설계도를 만든 후, 시공업체에 넘기는 것으로 끝날 일이었다. 게다가 설계비조차 한숨이 나올 정도로 적은 금액이었다. 현장을 답사하고, 관련 업체나 공무원들과 자리를 마련하고, 회의와 토론을 거치며 대충 수정하고……. 이같은 통례적인 절차를 따른다고만 해도 도저히 수지타산이 맞출 수 없는 금액으로 일이 진행되었다. 그런데 이상한 스케치를 연거푸 그려대던 건축가가 결국 사고를 쳤다.

완공 후, 평소처럼 주민자치센터(=면사무소)에 서류를 떼러 왔던 부남면 주민들은 새롭게 솟아오른 건물 앞에서 기겁한 채 눈을 떼지 못했다. 이게 뭣이여. 무슨 일이여. 웅성거림은 잠잠해질 줄 모르고 구석구석 퍼져갔다.

그들은 보았다. 면사무소(=주민자치센터) 마당에 천문대가 서 있는 것을. 그 천문대를 중심으로 새로운 면사무소와 기존의 보건소 건물이 다리로 연결되었으며, 보건소 건물 한켠에는 이웃한 안성면처럼 목욕탕이 지어져 있다는 것도. 그나저나 뜬금없이 돋아난 천문대를 두고 주민들은 마주칠 때마다 입을 모았다. 2002년은 월드컵 4강 진출로 한반도 이남이 온통 시끌벅적했지만 부남면만큼은 화제의 중심이 단연 천문대였다. 우려, 기대, 놀람, 당혹……. 아이나 어른이나 노인이나 젊은이나 복잡한 감회를 숨기지 못했다.

하지만 여름부터 주민들은 그 모든 의심과 궁금증을 뒤로 하고 저녁 무렵이면 면사무소 건물에 줄을 서기 시작했다. 말 많은 천문대가 정식으로 개관해 공개 관측을 시작한 것이다. 인구 수가 1천5백여명에 불과한 촌동네 부남은 매일 밤 백여 명씩 천문대를 드나들며 생전 처음 별구경에 빠져들었다. 주민들만 즐거웠던 게 아니다. 부남면사무소에는 여행객들의 문의 전화가 폭주했고, 이후 타 지역 공무원들도 '공공건축의 성공 사례'를 연구하겠다며 부남면으로 몰려들었다. 이렇다 할 회사나 공장도 없어서 그저 깨끗하고 조용한 강변마을이었던 부남은 엉뚱한 공공건물 하나로 전국에서 주목받는 장소가 변했다. '별천지 부남'은 그저 지나치던 길에서 사람들이 일부러 찾아오는 면으로, 주민들에게도 '적상산 옆, 금산 밑에 있는 오지'에서 '아무 때나 별을 볼 수 있는 우리 마을'로 바뀌었다. 허리가 굽고 거동이 불편한 어르신들에게도 변화는 유쾌한 일이었다. 이웃들끼리 봉고차를 빌려 외지로 나갈 필요없이 단돈 천원만 내면 보건소 목욕탕 뜨뜻한 물에서 몸을 지질 수 있게 됐으니까. 관행이 아닌 주민의 시선으로 마련된 공공건축은 그곳에서 살아가는 사람들의 일상을 전에는 없었던 행복의 빛깔로 물들였다. 주민들은 건축가의 이름도 몰랐지만 새로 지은 면사무소 덕분에 흐뭇해졌다.

2. 무주와의 질긴 인연이 시작되다

2000년 안성면사무소 준공식이 열리던 날, 혼자 '우와기(윗도리라는 뜻의 시골에 남아있는 일본식 표현, 보통 양복이나 재킷을 가리킨다)'를 입어 유독 튀어보이는 머리 희끗한 남자가 목욕탕을 찾은 동네 할머니들 사이에 끼어들어 이야기를 나누고 있었다. 물은 잘 나오던가요. 암요, 새 목욕탕인데. 시설이 괜찮으세요? 좋습디다. 할머니들은 아마 처음 본 그 남자가 군청 직원이라고 생각했을 것이다. 그는 노인들이 줄지어 목욕탕에 드나드는 장면을 한참동안이나 지켜보고 나서야 자리를 떴다.

안성면사무소 (사진제공 : 무주산골영화제)

그의 이름은 정기용이고, 당시의 나이가 54세였다. 오십 중반이면 많은 연령일 수도, 반대로 충분히 젊다고 할 수도 있겠지만 건축가로서의 그는 아직 한창 때였다. 1971년에 서울대 미술대학 및 대학원을 졸업한 기용은 72년 프랑스가 초청한 국비 장학생으로 도불(渡佛)했고, 75년 파리장식미술학교 실내건축과, 78년 파리 제6대학 건축과를 연이어 졸업하고 프랑스 정부 공인 건축사 자격을 취득했다. 건축 공부에 목말라 있던 그는 거기서 멈추지 않고 다시 82년 파리 제8대학 도시계획과까지 졸업했다. 해외 학위만 3건인 셈이다.

프랑스 현지에서 실력을 인정받은 그는 1975년부터 파리에 건축 및 인테리어 사무실을 운영하다가 82년에 한국으로 돌아와 자신의 이름을 딴 '기용건축' 설계사무소를 설립한다. 왕성하게 활동하며 국내외를 가리지 않고 열정적으로 작업하였다. 무주 김세웅 군수와 힘을 합쳐 공공건축 혁신에 착수한 1996년 이전에도 프랑스 노동성 주관 노동환경개선 설계경기 3위 입상(1982), 대전 EXPO 관련 동탑 산업훈장(1993) 등을 수상하며, 공항동성당(1987), 효자동 사랑방(1993), 가나아트센터(1995), 계원조형예술대학(1996) 등 건축사에 남을 작품을 여럿 그려냈다.

필자가 학벌이나 수상 내역, 설계 기록을 시시콜콜 짚어내는 이유는 그가 잘나고 똑똑해서 이런 성과를 냈다고 말하기 위함이 아니다. 다시 살펴보겠지만 그는 약간 관점이 다른 사람인데, 그는 일관되게 시민이 주인이 되는 건축을 추구했다. 하여 기용은 돈이 되거나 상을 받거나 이름을 날릴만한 건축보다 '사람들의 삶을 보살피고, 공간적으로 섬세하게 조직하는'(정재은 감독의 정기용을 다룬 영화『말하는 건축가』, 2011) 건축, 부수고 새로 짓기보다 고치고 바꾸고 빼고 덧붙이는 리노베이션 건축에 힘썼다.

영세민을 위한 집짓기에 몰두하고 있던 허병석 목사가 정기용이 주도하는 '비용이 적게 들면서도 생태적인 흙 건축'에 관심을 보이면서 무주군 안성면 진도리의 마을회관을 흙으로 시험삼아 지어보게 되었는데 그 상량식날 무주군수 김세웅도 참석한 것이 훗날 정기용과 무주를 잇는 인연이 되었다. '서울에서도 이름난' 건축가가 동네 회관을 그것도 아주 저렴하고 환경친화적인 건물로 만들어낸 것을 보면서 군수가 기용에게 제안한다. "선생님께서 무주같이 작은 지방자치단체의 건축 일도 하실 수 있겠습니까?"

3. "면사무소는 왜 새로 짓노? 목욕탕이나 지어주지!"

그는 몰랐겠다. 그때 "할 수 있습니다! 라는 말 한 마디 때문에 자신과 사무실 식구들이 10년 넘게 고생하고 그 뒤로도 끊임없이 쪼들리게 될 줄은. 아무튼 정기용은 그렇게 군수와 인연을 맺으면서 건축 설계만이 아니라 무주의 전반적인 공공건축 프로그램까지 주도하게 된다. 그가 무주에 세운 첫 번 째 작품이 안성면사무소인데, 설계도를 그리기 전에 은밀히 주민들과 만나며 의견을 모아온 과정이 책(정기용, 『감응의 건축』, 현실문화, 2008)과 영화(앞의 영화 『말하는 건축가』)에 잘 드러나 있다. 면사무소를 새로 지으려고 하는데 혹시 필요한 시설이 있냐는 건축가의 말에 주민들은 입을 모아 반대한다. 그리고 이상한 요구를 덧붙인다. "면사무소는 왜 새로 짓노? 목욕탕이나 지어주지!"

안성면사무소의 목욕탕 (사진제공 : 무주산골영화제)

채산성의 이유로 시골에는 더 이상 목욕탕이 없고, 그래서 주민의 대다수인 농민들은 돈을 모아 봉고차를 빌려 대전까지 나가서 목욕을 해야 해서 불편하기 짝이 없다는 이야기에 기용은 국내 최초로(세계 최초일지도?) 면사무소 건물에 목욕탕을 설치한다. 듣도 보도 못한 전례 없는 설계였고, 운영 측면에서도 부담스러운 것이어서 안팎의 반대도 컸겠으나 군수의 지지를 업고 계획대로 밀고 나가 완공한다. 안성면사무소에 근무하는 직원에 따르면, 그날 개소식에는 정말 많은 주민들이 참석했다고 한다. 이유야 물론, 목욕하려고!

무주의 정기용 건축물의 재미난 점 가운데 하나는 이렇듯 천문대나 목욕탕 같은 전에 없던 시설을 만들어주는 게 아니라 면사무소나 농업인회관 같은 행정건물의 이름을 '면민의 집', '농민의 집'으로 부르며 그 이용 주체와 쓰임새를 명확하게 지칭한다는 데 있다. 일례로 1991년 대전정부종합청사 설계 프로젝트에 참가하면서 자신이 설계한 건물 모형이 "너무 권위가 없어 보이지 않느냐"는 질문에 "왜 권위적이어야 하는가"라며 반문한다. 통치란 말 자체가 낡은 개념이고, 백성이 주인되는 세상(民主)이라고 떠들면서도 민원인을 짓누르는 청사를 지어 시민들의 복종을 바라는 권력자들의 내심을 비판하며 이야기한다. "우리가 설계하려는 건 건물이 아니라 사람과 권력과 관료주의의 관계를 새로이 정립하는 것"이라고.

군에서는 안성면사무소를 주문했으나, 정기용이 만든 것은 '안성면민의 집'이었고, 그래서 주민이 원하는 시설이 포함되어 있는 것이 그로서는 당연한 일이었다. 이후 부남면, 무풍면, 적상 면사무소를 지으면서 목욕탕이 필수가 되었다. 안성의 사례를 본 주민들이 빗발치듯 요청했으니까. 그러나 기용은 단순히 면사무소에 목욕탕만 붙인 건 아니었다. 그는 지형을 살펴 면민의 집(=면사무소=주민자치센터)이 기존의 풍경을 막아서거나 외따로 돋보이지 않도록 했고, 드나들면서 저도 모르게 생태를 인식하고 자연의 아름다움을 경험할 수 있도록 배치를 조정하고 풍경을 끌어들였다. 적은 비용으로 건물을 지어야 하기에, 조형적 아름다움보다 기능적 편리성과 풍수적 조화에 신경썼다. 그의 무주 면민의 집 연작을 보면 면사무소 건물과 보건소(혹은 복지회관) 건물을 연결해 주는 통로가 특징인데, 이는 모두 그 건물의 주인이자 이용자인 면민들이 단순히 관청에서 행정업무만 보고 휙 떠나는 곳이 아니라 편하게 드나들며 최대한 복지를 누리는 데 초점을 맞추고 있는 까닭이다. 목욕탕 역시 그러한 관점의 일환이다.

무주 추모의 집 (사진제공 : 무주산골영화제)

4. 밝은 추모의 집과 그 자체로 풍경인 버스 정류장

정기용이 무주에 지은 건축물은 가짓수만 서른 하나인데, 개중 전국의 건축학도들의 특별한 사랑을 받고 있는 작품으로 '추모의 집'이 있다. 원래 묘지들 사이 인삼밭이 드문드문 있었던 무주읍의 동쪽 비탈에 건립한 봉안시설인데, 처음 가보면 누구나 깜짝 놀란다. 외관은 수더분하고 정적인 것에 비해서 내부는 아주 밝으며 생명의 기운으로 가득 차 있기 때문이다.

정기용은 원래 있던 인삼밭에서 추모의 집을 구상했다. 어두운 곳에서 땅의 기운을 받아 자라는 인삼을 죽음의 상징으로 보았고, 그렇게 자라난 인삼이 사람들에게 기운을 북돋아 주듯이 누군가의 죽음도 우리의 삶을 우울하게만 만드는 것이 아니

39

라 행복한 추억과 내세에의 기대로 새롭게 자리매김하며 생활을 풍요롭게 만들 수 있다고 여겼다. 죽음을 어두운 데 방치해 버리기보다 생활에 적극적으로 끌어들이면서 '산 자와 죽은 자가 자신이 살던 땅을 내려다보고 '서로 행복하게 헤어질 장소'(앞의 책『감응의 건축』288쪽)로 삼기를 바랐다. 그 결과, 세상에서 가장 밝은 납골당, 그 자신의 표현을 빌리자면 '영혼을 위한 밝은 집'이 탄생하였다. 여기서 영혼이란 죽은 자의 그것만이 아니라 산 자의 영혼까지 아울러 가리키는 것이기도 하다. 개인적으로는 부모님 사후에 여기에 봉안해도 좋겠구나 싶을 정도로 포근한 공간이었다.

또, 그가 만든 버스정류장은 아주 이색적인 구조물로 두꺼운 콘크리트 벽체를 직각으로 교차해 세운 다음, 그 양 벽면에

정기용 건축가의 버스 정류장 (사진제공 : 무주산골영화제)

창틀처럼 직사각형의 구멍을 뚫고 이용객들이 기역 자 모양으로 부대껴 앉아 더불어 풍경을 볼 수 있도록 만들었다. 정류장에 앉아보면 산과 숲이 많은 무주의 풍경이 창의 프레임으로 가까이 다가서고, 동시에 버스를 기다리는 다른 행인들을 곁눈질로 슬쩍 보게 만들어 은연중에 심리적 거리를 줄여주는 효과를 낸다. 사람과 풍경을 모두 감싸안으려는 형상으로 단단하면서도 따스하다. 버스정류장이라 하면 '벽돌로 에워싼 형무소 감방 같은 정류장과, 다경량 철골 위에 원색이 난무하는 가벼운 정류장'(앞의 책 『감응의 건축』 219쪽)으로 양분되지만 기용은 무주의 풍경에 주눅들지 않으면서 그 자체로 풍경이 되는 이웃간 만남의 장소를 꿈꿨다. 그래서인지 주민들은 볕좋은 날이면 버스를 탈 일이 없을 때에도 '그냥' 그가 만든 정류장에 앉아 사람들과 이야기를 나눈다. 정기용이 세운 것은 정류장이기보다 가장 작은 단위의 사랑방이었는지도 모를 일이다.

5. 아무도 오지 않았던, 그러니 이제는 세상에서 가장 아름다운 운동장

무수한 건물과 조형물 가운데 정기용 스스로 제일 자랑스럽게 여기는 작품은 등나무운동장(옛 공설운동장)이다. 한 가운데 본부석이 있고, 나머지 사방에는 차양 없는 관객석이 자리한 어디에나 있을 법한 공설운동장을 개조한 지금의 등나무운동장은, 봄철이면 스탠드 지붕에 자라난 등나무의 보라색 등꽃들이 화려하게 주렁주렁 매달리며 주변에 깊은 향취를 뿜는다. 햇빛은 자라난 등나무에 가려 관객석 스탠드까지는 찔러오지 못하며 무대처럼 중심이 되는 운동장만 환하게 밝힌다. 가까이는 실내 테니스장의 소라모양의 지붕이 보이고 멀리는 적상산의 산그리메가 겹쳐서 근사한 조망을 안겨준다. 색색깔의 관객석 의자는 차분한 운동장의 초록색 잔디와 대비되면서 싱싱한 기운을 자아내고, 행사에서 울려 퍼지는 함성은 운동장의 스탠드와 주변 건물, 산골짜기를 울림통 삼아 여운을 남기며 메아리친다. 군내 행사가 있어도 공무원들만 참석할뿐 주민들이 모이지 않아 골머리를 썩였던 무주군수는 도대체 왜 참석하지 않는 건가고 어느 어르신께 여쭈었더니 이렇게 일갈했다고 한다. "우리가 미쳤나! 군수만 본부석에서 비와 햇볕을 피해 앉아 있고 우린 땡볕에 서 있으라고 하는 게 대체 무슨 경우인가? 무슨 벌 받을 일 있나? 우린 안 가네!"

무주군수는 이를 통감하며 운동장 주변에 등나무 240여 그루를 심었다고 한다. 나무가 자라면 적어도 그늘은 만들어 주겠지 싶어. 그러나 지지대 없는 등나무는 허우적거릴뿐 앞으로 뻗어가지 못했고, 의뢰를 받은 정기용은 원호 모양의 파이프를 스탠드 뒤에 둘러 꽂아 등나무가 자라는 방향을 제시했다. 그는 '거의 무아지경의 상태로', '서너 시간 정도에 모든 상세를 정하고 물량까지 계산을 마쳤'(앞의 책 『감응의 건축』 131쪽)다고 한다. 모든 건 주민들과 군수와 자연이 다 했다며, 내가 한 것은 그들이 서로 감응하도록 도운 것뿐이라고.

운동장을 개조하는 일은 결국 공간을 바꾸는 것이었는데,

기용이 한 일은 반대로 시간적인 측면에서 접근하는 것이었다. 그러니까, 단순하게 지붕을 만들어주는 게 아니라 나무들이 자랄 수 있도록 하고 그 나무들이 차양의 기능뿐 아니라 사계절 바뀌는 풍경이 되도록 하며, 철에 따라 커지고 변하며 쇠하는 생명의 기운까지 운동장에 보태려 했던 거다. 이 세계의 진짜 주인은 자연이며, 건물이나 사람 역시 그 일부에 지나지 않는 사실을 일깨워주고자 했다.

공무원들만 참석해 관객석이 늘 썰렁했던 공설운동장은 이제 산골영화제를 비롯한 무주의 수많은 이벤트의 단골 행사장으로 자리매김했으며, 특별한 용건 없이도 주민들이 돗자리 깔고서 아이들과 노니는 사랑스런 휴식처로 변모했다. 큰돈을 들이지도 않은 이 등나무운동장을 사람들은 '세상에서 가장 아름다운 운동장'이라 부른다. 실제로 보랏빛 등꽃 향내가 알싸한 5월에서 6월 초 사이에 등나무운동장 스탠드를 거니노라면 떨어지는 꽃잎과 어우러지는 푸릇푸릇한 풍광이 도무지 지상에 속한 것 같지 않아 홀로 감정이 사무치곤 했던 때가 여러 번이었을 정도다.

6. 무주, 그가 공간으로 쓴 지리지地理志

면사무소와 군청, 마을회관, 복지관, 보건의료원, 납골당, 농업인회관, 된장공장, 반디랜드, 청소년수련관, 야영장, 테니스장, 공예촌, 폐교, 화장실, 버스정류장, 무주 인터체인지 만남의 광장까지 곳곳에 심어진 정기용의 건축은 그것들만 따로 답사해

• 등나무운동장

도 탄탄한 여행 코스가 된다. 1996년부터 10년간 무주 프로젝트에 매진한 기용은 그로 인해 경제적 손해를 적지 않게 입었고, 생을 마감할 때까지 넉넉하지 못한 채 늘 허덕였다. 그 뒤로도 봉하마을 노무현 대통령 사저(2006), 김제 지평선중학교(2007~2011), 광주 목화의 집(2007), 정릉동 주택재개발정비사업 기본계획(2010) 등 의미 있는 건축물을 여럿 내놓았지만 본인은 소유한 건물 한 채 없이 명륜동 다가구주택에 세들어 살았다. 2006년 대장암 판정을 받았는데, 그 여파로 목소리조차 제대로 나오지 않을 때에도 해외와 전국을 누비며 공공건축이란 어떠해야 하는지를 소리높여 설파했다. 그는 문제가 여기에 있듯이 해답도 여기에 있다며 무분별하게 해외 사례나 타 지역을 모방하기보다 주민들의 말을 귀담아 듣고 지역의 재료로 가장 지역다운 건축을 만들어 공진화하자고 누누이 주장했다. 몸을 돌볼 줄 모른 채 자신의 사명을 끝내 수행하려고 했던 정력적이기 그지없었던 노대가는 칠순도 보지 못하고 예순 여섯의 나이로 생을 마쳤다. 무주 작업을 마친 후로 딱 5년만이었다. 우리가 그에게 무리한 짐을 지웠던 건 아닌가 싶기도 하다.

정기용은 세상을 떠났지만, 그는 여전히 무주에 남아 있다. 무주의 숱한 공공건물들은 소도시의 관리상 어려움으로 인해 낡고 또 추레해지기도 했으며 일부는 또 상업 건물로 쓰임새가 바뀌고 엉뚱하게 남용되고 있지만 지금도 건축이란 무엇인가를 근원적으로 되묻는 강력한 질문이자 또렷한 상징으로 무주 땅에 서 있다.

무주에서 보듯이 내가 사는 동네가 아름다워 지는 건 결코 돈으로 되는 일이 아니다. 부동산 값이 천정부지로 오른 어딘가가 그러하듯이, 매끈한 콘크리트 건물과 쭉 뻗은 대로, 번쩍이는 대리석으로 도배한 지역은 그저 자동차로 통과하기 좋을뿐 사람들이 쉽게 오가며 살림을 펼치고 교유할 수 있는 분위기를 풍기지 못하며 기능적으로도 편안하게 느끼는 인체공학적인 휴먼스케일과는 거리가 멀다. 살기에 좋은 동네, 그러면서 두고두고 보고 싶은 아름다운 동네란 주민들의 올바른 생각과 고유의 풍토를 근간으로 기획자의 바른 생각이 행정적 뒷받침을 얻어 사람과 자연을 고려하고 서로 어울리도록 만들 때 비로소 아늑하고 또 아름답게 된다.

정기용은 무주에 처음 들러서 보았던 안성면의 논밭 풍경을 두고두고 감탄하며 안성면을 "잎맥이 살아있는 초록빛 나뭇잎

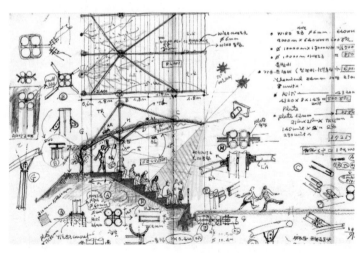

정기용 건축가의 등나무운동장 설계도 (사진제공 : 무주군청)

47

처럼 생긴 동네"라고 말했다(앞의 책, 『감응의 건축』 51쪽). 그리고 그런 본원적 풍경에 해가 되지 않도록 면민의집(=면사무소)을 지을 때도 산을 보는 각도와 사람들이 드나드는 곡선을 주의를 기울여 디자인했다. 목욕탕만이 아니라 그의 건축 형태를 자세히 살펴봐야 할 이유다.

그는 무주 말고도 MBC 프로그램 「느낌표(!)」와 함께 도서관 설계를 맡기도 해서, 순천·진해·서귀포·김해·제주·정읍 등 여섯 곳에 어린이 전용 도서관인 '기적의 도서관'을 만들었다. 서울의 동네 도서관 어린이실에서 흔히 볼 수 있는, 신발을 신지 않고 아무데나 누울 수 있는 온돌마루 형태를 처음 도입한 사람이 바로 그다. 그 일 역시 돈이 되지 않고 공기工期도 짧아서 그가 아니면 할 수 없는 일이었다. 그런 걸 보면 무주에서든 아니든 그의 작업은 지극히 일관적이었으며 자세 또한 한결같았던 것 같다. 그는 천재라기보다 늘 귀기울이고 발견하면서 스스로 새로워지고자 했던 성실한 노력가였다.

이 글에서는 다루지 않았지만 적상면사무소나 군청 뒷마당을 걷다 보면, 이 건물들은 1996년에 군수나 주민들이 기대했던 것보다 상당히 앞서 있던 사유의 산물이라는 생각이 자연스럽게 피어난다. 꼼꼼하고 다각적인 배려가 건물 안팎에 녹아들어 있다. 그런 작업을 해나가면서도 설계사무실 식구들의 월급도 주지 못해 쩔쩔맸을 정도였으니, 앞서 나간다는 것도 굉장히 쓸쓸하고 서글픈 일이었겠다 상상하게 된다. 정기용의 이상은 사유가 생활에 그대로 반영되는 것이었고, 자연과 사람이 원래 그랬던 것처럼 조화롭게 섞이는 것이었으며, 비용을 많이 들여 독특하고 아름다운 건물을 짓기보다 지금까지 우리가 살아왔던 풍경 속에 건물이 편안하게 어울리는 것이었다. 관리인을 채용하지 못해 몇 년 째 방치된 부남면사무소의 천문대처럼 그의 이상은 안타깝게도 매번 현실과 부합하지는 못했다. 그러나 이용할 수 없는 그 천문대도 면사무소와 보건소를 이어주는 기껍고 편리한 다리로서는 여전히 기능하고 있듯이, 외형보다 연결과 소통에 집중하는 그의 방식은 이용자를 위한 배려에 바탕하고 있어서 실사용 측면에서 쓸모와 깊이를 아울러 충족시키는 구석이 있다. 서로 떨어져 있거나 따로 노는 존재들을 이어주자는 정기용의 소박한 생각이야말로 화려하거나 고결하지는 않아도 가장 윤리적이며 근본적인 건축철학이 아닌가 한다.

매번 인지하고 있지는 못하지만, 우리가 밟고 있는 땅은 이 세상의 몸이며, 건축물들은 그 몸에서 우리 멋대로 파낸 성분들로 쌓아올려 분칠한 바벨탑에 지나지 않는다. 정기용이 옹호한 것은 건물이 아니라 건물이 디디고 선 몸(지구)의 건강한 모습, 다시 말해 풍경이었다. 풍경의 옹호자이자 생명의 옹호자, 세계의 옹호자였던 선생을 기리며 모자란 글을 맺는다. 향년 66세. 2011년 3월 11일 정기용 졸. 절반의 무주인茂朱人 정원선 배상(拜上, 절하며 올린다는 뜻).

❶ 무주에 있는 정기용 선생의 작품들 가운데 특히 추천할만한 곳들은 아래와 같다.

- 무주군청 3층 군수실의 작은 중앙정원과 여름이면 회랑 따라 머루가 매달리는 군청 뒷마당(무주군 무주읍 주계로 97, 무주읍 읍내리 229-2, 063-320-2114)

- 등나무운동장(무주군 무주읍 한풍루로 326-14 예체문화관, 무주읍 당산리 1118)

- 무주 추모의 집(무주군 무주읍 괴목로 1359-72, 무주읍 당산리 387-49, 063-322-2302)

- 안성면민의집(=안성면주민자치센터=안성면사무소, 무주군 안성면 안성로 246-17, 안성면 장기리 1556, 063-320-2605)

- 부남면민의 집과 천문대(=부남면주민자치센터=부남면사무소, 무주군 부남면 대소길 3, 부남면 대소리 460, 063-322-0301)

- 적상면민의집(=적상면주민자치센터=적상면사무소, 무주군 적상면 적상산로 51, 적상면 사천리, 063-324-6004)

- 그 밖에도 반디랜드, 서창갤러리카페, 무주읍 반딧불시장, 곳곳의 버스정류장 등 지나다 마주칠만한 곳은 많은데 비교적 제 모습이 온전하게 유지되는 공간을 위주로 꼽았다.

❷ 본문에서 언급된 자료 외 참고물
  - 화싼 화티, 정기용 번역『이집트 구르나 마을 이야기_민중과 함께 하는 건축』
  , 열화당, 2000
  - 정기용,『사람 건축 도시』, 현실문화, 2008
  - 정기용,『기적의 도서관』, 현실문화, 2010
  - 정기용,『기억의 풍경_정기용의 건축여행 스케치』, 현실문화, 2010
  - 정기용,『정기용 건축작품집_1986년부터 2010년까지』, 현실문화, 2011
  - 승효상,『건축이란 무엇인가』, 열화당, 2005
  - 김봉렬,『김봉렬의 한국 건축 이야기1』, 돌베개, 2006
  - 민현식,『건축에게 시대를 묻다』, 돌베개, 2006
  - 김민수,『한국 도시디자인 탐사』, 그린비, 2009
  - 정인하 外,『그림일기_정기용의 건축 드로잉』, 현실문화 | 2013.08.30.
  - 정기용 기념사업회 홈페이지(http://www.gu-yon.com)

春·夏·秋·冬

인생을 팝니다

무주 5일장

인생을 팝니다

무주 5일장

"좌판을 깔고 종일 나물 한 묶음을 파는 할머니가 바로 시장이다."
— 정기용, 『감응의 건축』 162쪽, 현실문화, 2008

어디에나 명물은 있다. 촌마을 무주도 마찬가지다. 여기저기 잘난 사람, 똑똑한 이들이 한둘이 아니지만 모두가 다 아는 사람, 누구나 좋아하는 사람을 딱 한 명 꼽자면 분명 이 분일 것이다. 노인들, 어른들은 물론이고 꼬맹이들까지 열렬한 팬이니까. 군수님 명성도 때로는 그에 못 미칠 것 같기도 하다. 명실상부名實相符한 무주의 스타를 소개한다. 작년에 팔순을 맞은 임정애 할머니.

이곳에서 그녀를 모르는 사람은 없다. 그야말로 유명인이다. 이름까진 외질 못 해도 그녀가 일하는 장소와 취급하는 상품을 대면 하나같이, 아! 하는 감탄사를 뱉어낸다. 뜨내기라면 모를까, 군민이라면 그녀와 함께한 추억이 최소한 하나씩은 있다. 그러니까, 임정애씨는 일종의 사회복지사다. 그녀가 하는 일이란 이웃을 행복하게 만드는 것이니까.

그녀의 무대는 오일장이다. 시골에서 장터는 생활의 중심지, 시쳇말로 '인싸(인사이더 Insider, 무리에서 영향력을 행사하는 주류)'의 공간이다. 그런데, 임정애씨를 빼고는 오일장을 논할 수가 없으니 그녀는 '인싸 중 인싸', 즉 '핵核인싸'인 셈이다. 그녀 없는 무주 시장 이야기는 겉만 빤지르르한 구라, 뻔한 비유로 앙꼬 없는 찐빵이요, 꿀물 없는 호떡이다. 그러나 임정애 할머니를 논할 때 앞에 쓴 뻔한 비유는 그저 뻔하지만은 않아진다. 그녀의 본업이 호빵과 찐빵을 만들어 파는 일이니까.

머리에 얹힌 흰 더께가 보여주듯 거쳐 온 세월이 수월하지만은 않았을 텐데, 고생 많으셨겠단 물음에 당신은 은근한 미소를 머금는다.

"지금까지 크게 아픈 데가 없는 걸 보면, 장돌뱅이 생활이 건강에는 도움이 됐나 봐요. 상인회에서 나한테 개근상 줘야 돼. 단 한 번도 빠진 적이 없거든."

스물넷에 시작해서, 50여 년을 무주 장터를 돌며 살았다. 반백 년. 그래서 무주 주민들 중에는 '3대째 단골'도 있다고. 장터를 지나는 애엄마 하나와 인사를 나누던 그녀가 양손을 활짝 펴턱을 받치더니만 까꿍, 한다. 그러자 유모차에 타고 있던 아이가 자지러진다. 빙긋이 따라 웃는 그녀의 살웃음이 곱다. 젊은 처녀가 노점상으로 나선 건데, 왜 하필 호떡과 찐빵이었나요?

"처음에는 호떡하고 풀빵을 했어요. 애들이 주렁주렁 달렸는데, 남편이 군대에 징집되는 바람에…… 살 길이 막막해서 그마나 쉬워 보이는 걸 한 거예요. 원체 가난한 집안이라 달리 뭘 할수도 없었고."

그때가 60년대라 다들 돈이 '귀했'단다. 당시에도 국밥 장사는 있었지만 오가는 사람들이 침만 삼킬 뿐 선뜻 사먹을 형편들이 아니었다고. 그래서 값싸게 허기를 메울 음식이 인기였다.

"일단 빵이고 떡이니까 든든하지요. 그때는 지금처럼 간식이 아니었어요. 즉석에서 굽고 쪄낸 거라 맛도 괜찮고. 70~80년대에는 만드는 족족 팔렸어요. 팔이 빠지도록 부쳤는데 불티나게

나갔지."

그러나 초반 고생은 혹독하기 그지없었다. 어려운 일은 없었
냐는 물음에 내내 담담하던 그녀는 슬쩍 눈가를 훔친다.

"새파랗게 젊은 게 장사를 알기나 하나, 따로 배운 게 있나,
어디 기댈 데가 있나……. 그때 당한 설움은 말로 못 해요."

임정애씨는 말꼬리를 흐렸지
만, 그 시절 텃세는 지금보다 더
사나웠을 것이다. 다들 어려운 세
상이었으니. 점포도 없이 혼자서
온 짐을 이고 안고 끌고 차렸다
접어야 해야 하는 좌판의 일상이
달달할 리는 없었으리라. 꾸역꾸
역 몸싸움과 욕설을 감수하며 거
칠고 사나운 장꾼들 사이에서 이

리 치이고 저리 치이면서도 꿋꿋이 자리를 지켰다고. 물러나면
다섯 식구가 먹고 살 방편이 없었으므로.

"애들이 국민학교, 중학교 간신히 다닐 때라 손이 많이 가는
데 전혀 챙겨주질 못했어요. 그게 두고두고 미안하지. 결국 큰
애는 초등학교 졸업도 못 시켰어. 사정이 너무 어려워서."

원망은 안 하나요, 라고 묻자 그녀는 잠깐 손을 놓더니 큰 애는 암 말이 없는데 둘째 딸아이하고는 일이 한 번 있었다고 털어놓았다.

"중학교 땐가 갑자기 철이 들었는지 따라나서서 도와주기 시작하는데……. 어느 날 성질을 부리더니 휙 돌아서더라구요. 이렇게 다 퍼주면 도대체 뭐가 남느냐고. 엄마도 실속 좀 차리라며."

예전에도 그랬지만 지금도 오일장에 임정애씨 좌판만 찾아오는 단골들이 있고, 개중에는 호떡 하나로 한 끼를 때우려는 딱한 이들도 있어 외면하기가 좀 그랬단다. 남 일 같지 않아서 하나 더, 하나 더 챙겨주다 보니 전대에 들어간 돈은 요만큼인데, 반죽을 치대 왔던 빨간 '고무다라이(고무통)'가 텅 비었던 적이 한두 번이 아니었다고. 앞에서 남기고 뒤로 밑진다더니……. 따님은 안쓰러웠을 게다. 고생은 고생대로 하고, 제 끼니도 챙기지 못한 채로 남의 끼니 걱정을 하는 어머니가.

"그래도 애들 시집 장가 다 보내고, 중풍 온 남편 10년 병 수발 비용 다 하고, 내 노후대책까지 마련해 놨어요. 이만하면 대성공이지."

비법이 있냐는 질문에, 그녀는 비법은 없지만 고집은 있다고 답한다. 반죽은 절대로 하루를 묵히지 않고 장날 새벽 두 시부터 치대서 준비한다고. 좌판이라고 깔보는 사람도 있지만 재료만큼은 괜찮은 걸 쓴다고.

"나도 먹는 거니까."

어묵 국물로 들어가는 멸치육수, 속재료로 들어가는 통팥 하나까지 허투루 쓰지 않는단다. 실제로 임정애씨가 만드는 호떡과 찐빵은 무척이나 담백하고 거의 달지 않아서 애어른 가리지 않고 입맛에 잘 맞는다.

"새벽까지 반죽해서 아침에 택시 불러다 이것저것 다 싣고 나오는 게 쉽지는 않은데…… 아프지 않는 한 무조건 나오려고 해요. 조금만 늦어도 찾는 분들이 계셔서 새벽이면 저절로 눈이 떠져서……"

점심 무렵이 되자 상인들이 그녀의 노점으로 모여든다. 누군가는 쌀을 건넸고, 또 누군가는 나물을 넘겨준다. 임정애씨는 익숙한 몸짓으로 쌀을 씻어 솥에 안치고 여기저기서 추렴해온 먹거리들로 국을 끓이고 반찬을 무쳤다. 준비가 끝나자 그녀는 동료들을 자리에 앉히고는 자르르 윤기가 도는 고봉밥과 된장 내음 구수하게 피어오르는 시래기국을 넘치도록 퍼 담아 내주었다. 좌판은 금세 잔칫집이 됐다. 맛있어 보이네요, 말을 붙이자 동료 한 분이 엄지 손가락을 치켜든다. 대단한 찬은 없어도 이렇게 바로 해먹는 밥은 정말 꿀맛이라며. 그날따라 날씨가 궂어 행인들도 적었고 따라서 매상 역시 높지 않았을 텐데 좌판에서는 연방 웃음소리가 피어났다.

취재를 마치고 읍내로 돌아가면서 곰곰이 생각해 봤다. 당신의 호떡과 찐빵에 비법은 있는 게 아닌가고. 제 도시락만 싸와도 될 텐데 굳이 귀찮은 수고까지 마다않으며 이웃을 대접하려는 그 마음씨가, 일평생을 장터에서 보내고서도 손님들이 우선이라며 단 하루도 건너뛰지 않겠다는 그 부지런함이. 힘든 일도 많았지만 누구를 원망하기보다 가진 걸로 만족하고 또 감사하려는 그 호연한 배포가 보기 드문 미덕이고, 남다른 강점이며, 숨은 매력이자 톡톡 튀는 감칠맛이 아니겠냐고.

글을 쓰는 지금까지 무주 오일장의 스테디셀러는 호떡과 찐빵이라고 판단했다. 하지만 아닌 것 같다. 진짜로 인기를 모으는 것은 다름 아니라 그녀이니까. 반딧불장터에서는 상품만 팔고 사지 않는다. 거기엔 결정적으로 다른 게 있다. 무주오일장에서는 인생을 판다. 임정애씨만 그런 게 아니다.

이곳의 재래시장은 1890년경 현재의 우체국자리인 무주부(茂朱府) 관아 터에서 태동하였다. 1919년 3.1만세운동당시 무주군민들이 만세를 외쳤던 구국의 현장이기도 하다. 6.25전쟁 당시 폭격으로 시장건물이 사라진 후에는, 전쟁구호품으로 흘러나온 군복, 전빵, 그리고 지역농산물 등을 판매하는 임시오일장이 무주교(공골다리) 주변에 서기도 했다. 1953년 휴전과 더불어 하리마을 현재의 위치에 목조 건물이 건립된 이래, 현대식 건물로 단장을 거듭하며 오늘에 이르게 되었다. 무주반딧불장터는 고난과 극복의 시간을 지나오며, 사람들 삶의 애환과 기름을 함께 해온 역사적 공간인 것이다.

① 무주반딧불장터(전북 무주군 무주읍 장터로 2, 무주읍 읍내리 1152)는 끝자리가 1과 6으로 끝나는 날마다 펼쳐지는 오일장과 상설시장이 공존하는 곳이다. 1890년경 형성된 이래 130여년의 만만찮은 이력을 자랑하고 있으며, 1919년에는 3.1 만세운동이 벌어지기도 한 역사적 현장이기도 했다. 무주군민뿐 아니라 경북 김천, 경남 거창, 전북 진안, 장수, 충북 영동과 충남 금산에서도 찾아오는 전라, 경상, 충청 3도를 아우르는 장터였으나 90년대 이후 대형마트의 등장과 온라인 쇼핑의 대두로 인해 역시 어려움을 겪고 있다. 주요 취급품은 금강의 민물고기와 다슬기, 무주 안팎에서 생산되는 사과, 복숭아, 감등 과일류. 천마와 돼지감자, 옥수수 같은 곡채류, 산나물과 약초, 버섯 같은 산촌의 특산품이 주류다. 우리나라에서는 잘 먹지 않는 고수를 많이 취급한다는 특징도 있다. 매년 6월부터 9월까지는 토요일 저녁 7시부터 11시까지 젊은이와 여행객들을 상대로 열리는 특별 야시장이 마련된다. 무주에서 생산되는 로컬푸드로 선보이는 먹거리 장터가 꽤나 참신하고 이채롭다. 무주 반딧불 축제 기간과 겹치니 그때 둘러봐도 좋겠다. 자세한 일정 안내는 무주군청 홈페이지를 참조할 것.

임정애 할머니의 한 때 (사진제공 : 무주산골영화제)

② 무주군에는 반딧불장터 외에도 삼도봉장터(2, 7일, 무주군 설천면 삼도봉로 11, 설천면 소천리 904-29), 대덕산장터(3, 8일, 무주군 무풍면 현내로 213, 무풍면 현내리 650-1), 덕유산 장터(5, 10일, 무주군 안성면 칠연로 38, 안성면 장기리 1511-6)도 있다. 이중에 임정애 할머니가 다니는 곳은 반딧불장터(1, 6일)와 삼도봉장터(2, 7일)다. 전에는 다른 장터에도 가셨지만 이제는 힘에 부치신다고. 이곳의 오일장터에는 임정애 할머니의 좌판 같은 몇 십 년 넘은 노포들이 적지 않다. 찐빵집, 수리점, 수선집, 양조장 같은 세월의 냄새가 물씬한 가게들을 구경하며 골목을 걷는 것이야말로 특별한 경험이 될 것이다.

③ 참고로 무주공용버스터미널 건너편 주차장에는 누구나 무료로 이용할 수 있는 무주읍 순환버스편이 마련되어 있다. 오전 7시부터 오후 6시까지 매시 30분과 정각에 출발하는 시내권(1호차) 승합차와 역시 오전 7시부터 오후 6시까지 매시 40분과 그 다음 20분에 출발하는 시외권(2호차) 승합차가 있다(휴일에는 정시에 1호차, 매시 20분에 2호차만 운영). 둘 다 반딧불시장 주차장을 경유하기 때문에 오가기에 좋으나 장날에는 짐을 바리바리 업은 노인분들께서 주로 타시므로 가급적 정오 이후에 이용하면 좋겠다. 이 순환버스는 무주읍을 천천히 둘러보는 데도 알맞다.

春·夏·秋·冬

어떤 계약

무주 토속음식 어죽

어떤 계약

무주 토속음식 어죽

*

몇 년 전 무주의 한 어죽집에는 종종 이상한 종이가 벽보처럼 나붙어 손님들을 어리둥절하게 만들곤 했다. 그중 한 장을 휴대폰으로 찍었는데, 그 내용은 이렇다.

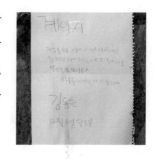

계약서

저 김**은
엄마 아빠의 말대로
한 번 만 더 거짓말을 치면
다른 나라로 입양을 갈 것이다
이의를 재개(제기)하지 않겠다.

김**

(2015년) 12월 8일 월요일

사장님께 여쭤보니 작성자이자 피의자는 둘째 아들이고 사소한 일로 부모를 속였다가 들통난 모양이다. 또 거짓말을 했다가는 인정사정없이 호적을 파서 외국으로 쫓아버리기로 아들과 합의했다고. 여기에 절대 불복하지 않겠노라 각서를 쓴 거란다. 단골들 말로는 개구쟁이 아들 둘이 교대하듯 사고를 친단다. 벌서는 것만으로는 버릇이 고쳐지질 않아서 이렇게 손님들을 증인 삼아 정식 계약서를 발부하는 지경에 이르렀단다. 풀 죽은 기색도 없이 여전히 방방 뛰어다니는 둘째를 보면서 씩 웃고 있는데, 사장님께서 아이를 데려다 필자를 가리키며 약정된 사항을 확인시킨다.

"이 아저씨가 외국에서 그런 일 하는 사람인데 다음에 또 그러면 국물도 없어! 양손에 수갑 채워갖고 델꼬 가실 꺼야!"

아이고, 내가 명연기를 보여줄 차례구나. 짐짓 팔짱을 끼고 눈에 힘을 줘 둘째를 쏘아보니, 아이는 주눅이 들었는지 시선을 피하다가 휙 돌아서서 장난감에 몰두한다. 하지만 파르르 떨고 있던 꼬마의 등이 어찌나 귀엽던지 그만 웃음이 터져버렸다. 멀찍이 서 있던 큰 아이는 뭔가를 아는 듯 필자와 시선을 맞추고는 씩 미소짓는다.

지금이야 별미 취급을 받지만, 1980년대까지 어죽은 한반도 전역에서 아주 흔하디흔한 음식이었다. 충청, 경상, 전라도는 물론, 제주섬, 함경도, 평양에서도 어죽을 해먹었다. 지방에 따라 약간씩은 다르나 조리법은 엇비슷하다. 내장을 따낸 생선을 푹 고아낸 후 살만 발라내 쌀이나 국수, 수제비를 넣고 한 번 더 푹 끓여내는 것이 기본이다. 민물고기에는 특유의 흙내가, 바닷고기에는 비린내가 있어 이를 없애려고 그 지방만의 양념을 더하다 보니 차이가 나는 것뿐이고.

40년 전까지 어죽은 요리라고도 할 수 없는, 엄마아빠에게 다시는 거짓말 않겠다고 울며불며 반성문 쓰는 깨복쟁이 어린이들도 개울가에서 물고기 잡아 모닥불 피워 직접 쒀 먹었던 일종의 인스턴트 음식이었다. 그러다 개발이 거듭되고 환경이 오염되면서 한순간에 자취를 감춘 먹거리이기도 하다. 지금도 내륙 산간에서는 어죽 혹은 어탕국수 간판을 걸고 요리하는 식당들이 적지 않지만, 막상 맛을 보고 나면 고개를 갸웃하게 되는 일이 대부분이다. 도대체 이 맛도 저 맛도 아닌 까닭에. 수입산 양식 물고기를 써서 그렇다는 설도 있고, 뼈를 발라내기 귀찮아 믹서에 통째로 갈아내는

레시피가 문제라는 설도 있다. 어르신들에게서 추억이라는 감미료를 빼면, 대개의 어죽은 즐겨 찾을만한 미식이 못 된다.

*

사정이 이러한데, 무주는 이상하게 자신만만하다. 2004년 군청에서 기록한 무주군지茂朱郡誌에는 낯 뜨거운 단어들이 거듭 출몰한다. 무주의 어죽은 '특수한 비방秘方이 있'으며, '무주에 와서 먹어보지 않으면 무주를 이해할 수 없'는, '무주의 대표적인 향토음식' 이며, '인기가 많다'고 단언한다. 이유는 간단하다. 여기서 만드는 어죽이, 그 어디에서 만드는 어죽보다, 맛이 좋기 때문이다. 이곳의 어죽집을 전부 다니며 캐물은 결과, 무주가 자랑하는 '특수한 비방'이란 이렇게 정리할 수 있었다.

O. 감태나무나 황칠나무 끓인 물을 기본육수로 준비해

1. 금강변 남대천에서 민물고기를 잡아 내장을 따낸 후,

2. 큰 솥에다 뭉근하게 몇 시간이고 고아서 푹 우려내고,

3. 뼈를 빼고 살만 발라낸 후 쌀과 수제비를 함께 넣어서는,

4. 저만의 된장 고추장에다 깻잎, 부추 같은 비린내 잡는 향채를 곁들여서 한 번 더 끓여낸다.

5. 식당에 따라 민물새우를 첨가하거나 시래기가 들어가기도 한다.

감태나무나 황칠나무 육수가 0번인 이유는 이같은 한약재를 육수에 쓰는 곳도 있고 아닌 곳도 있는 까닭이다. 나머지 1번에서 5번까지는 특별한 게 없다. 당연한 말이지만 특수한 비법, 같은 건 없다. 어죽은 아주 단순한 음식이다. 좋은 재료를 써서 제대로 우려내면 저절로 맛있어 진다. 그래서 전국에서 먹었던 거다. 꼭 민물고기를 쓰지 않아도 되고, 오랜 시간 고아내야만 좋은 것도 아니다. 무주에서는 깻잎을 넣지만 다른 데서는 초피를 넣기도 하고, 마늘과 고추를 넣어 맵싸하게 조리는 지역도 있다. 민물새우나 시래기도 그저 요리사의 취향일 뿐.

그런데도 무주와 타지의 어죽이 크게 차이 나는 것은 이 일련의 과정에 생략이 없기 때문이다. 지역에서 난 신선도를 알 수 있는 식자재를 사용하고, 특출하지는 않지만 전해지는 육수를 더하며, 직접 고아서 우려내고, 잡맛이 나지 않도록 손질을 거친다. 소화하기 쉽도록 쌀을 푹 퍼뜨려 만들지만 씹는 맛을 잃지 않게 수제비는 쫄깃하게 치댄다. 집에서 만든 장을 쓰고, 부재료까지 햇볕에 손수 말려서 풍미를 더한다. 참고로, 무주의 어죽집 대부분은 화학조미료를 쓰지 않는다. 재료를 만들고 재우고 끓이고 말리고 식히는 동안 감칠맛은 생기고 커지고 더해지는 까닭에.

무주 어죽집의 조리법을 거꾸로 하면 일반 어죽집의 공정이된다. 조미료 넣고 육수를 내서, 어디서 나온 지 모르는 물고기를 받아 대충 씻어 끓이자마자, 생선을 그대로 갈아 쌀이나 국수를 넣고, 가장 저렴한 된장 고추장에다 바다를 건너오느라 시들시들해진 채소를 곁들어 뚝배기째 끓여 내거나 '어죽'이라고 쓰인 첨가물 덩어리 레토르트를 전자레인지에 데웠다가 나갈 때만 대접에 잘 담아내는 거겠다.

다시 말해, '특수한 비방'이란 본래의 요리법을 지키는 것, 귀찮더라도 한 가지도 생략하지 않는 것이겠다. 일련의 성가신 단계를 전부 거쳐서 만든 어죽 한 그릇이 그래서 '무주의 대표적인 향토음식'이며, '와서 먹어보지 않으면 이해할 수 없는' 거다. 또한 그래서 '인기가 많'은 거다. 그러니까 무주군지도 계약서를 작성한 것 같다. 여기에 거짓이 있으면 어죽은 다른 나라로 입양을 갈 거라고, 결코 이의를 제기하지 않겠다고.

*

Daum 지도에서 '무주군 어죽 식당'을 검색해 보면, 가게들은 하나같이 금강을 따라 구불구불 휘어지는 여울마다 자리잡고 있다. 이는 분위기나 전망 때문이 아니다. 식당 주인들이 금강에서 물고기를 잡을 수 있는 어업면허를 소유하고 있어서다. 즉, 무주의 어죽은 금강이 있어서 가능한 요리다. 이 비단강이 망가지면, 전통이고 자시고 어죽도 사라진다. 내륙 산간 대부분의 어죽집이 이도 저도 아니게 된 건 단순히 주인들이 돈에 환장한 탓만은 아니다. 맨 처음, 맑은 강이 없어졌기 때문이다. 같은 비극이 무주에서 반복되지 않기를 빈다. 그런데 그저 빌지만은 않기를. 우리가 할 수 있고, 또 해야 하는 일이 있으니까. 너무 늦어버리면 돌이킬 수 없으니까. 이 불공정한 계약은 반드시

대가를 치를 테니까. 그때는 국물도 없을 테니까. 우리 모두 양
손에 수갑 차고서 세상을 영영 떠나게 될 테니까. 사실 우리는
지금도 그렇게 무수한 산 것들을 죽이고 있으니까. 무주에서 어
죽을 지금처럼 맘놓고 먹을 수 있는 때는 언제까지일까. 날씨는
갈수록 더워지는데. 오늘도 또 어딘가에선 땅이 파이고 나무가
쓰러지고 모래톱이 좁아지고 하늘은 아주 작은 먼지로 뒤덮이
는데. 바다는 플라스틱으로 물결치는데, 벌들이 붕붕 대는 소리
희미해져만 가는데.

큰손식당의
도리뱅뱅이.
손이 자꾸 가는
고소한 맛.

① 고장의 명물답게, 무주에는 어죽집이 많다. 안심해도 좋은 점이 다른 지역과
는 달리 이곳의 어죽 전문 식당은 전부 기본기를 갖추고 있다. 지나가는 길에
그냥 들러도 최소한 실망하지 않을 정도의 그릇을 낸다. 직접 물고기를 잡는 금
강변 앞섬마을 부근의 어죽집('섬마을', 무주군 무주읍 내도로 126, 무주군 읍
내리 1357-1, 063-322-2799/ '강나루', 무주군 무주읍 내도로 123, 무주군 읍
내리 1363, 063-324-2898/ '무주어죽', 무주군 무주읍 내도로 119, 무주군
읍내리 1359, 063-322-9610)들도 좋고, 무주읍내 군청 부근의 금강식당(무
주군 무주읍 단천로 102, 무주군 읍내리 246-7, 063-322-0979)이나 큰손식
당(무주군 무주읍 단천로 143, 무주군 읍내리 117-5, 063-322-3605)도 훌
륭하다. 원래는 무주읍내에 있었지만 무주호 주변으로 가게를 옮긴 하얀섬금
강민물(무주군 적상면 괴목로 568, 적상면 포내리 730, 063-324-1483)도 빠
지지 않는다. 꼬마의 계약서(반성문)가 붙었던 식당이 바로 이곳이다. 개인적
인 단골집은 큰손식당과 하얀섬금강민물, 앞섬마을 안쪽의 '어부의 집'(무주
군 무주읍 앞섬1길 13, 내도리 1854-1, 063-322-0503)이다. 투박하지만 깊
은 맛을 낸다. 여럿이 왔다면 어죽에다 도리뱅뱅이(민물고기 양념 조림), 징거
미튀김(민물새우 튀김)을 곁들이면 더욱 좋다. 어죽은 해장으로 특히 좋고, 도
리뱅뱅이나 징거미튀김은 안주로도 그만이다. 주말에는 대기줄이 늘어설 정도
로 북적거리므로 가능한 점심 시간대를 피해 찾아가는 게 좋다.

春·夏·秋·冬

한 자리만 맴도는 감돌고기

덕유산천(德裕山川)

한 자리만 맴도는 감돌고기

덕유산천(德裕山川)

약간 덥다 싶은 5월의 볕좋은 오후였다. 구천동 승강장(간이 버스터미널)은 그날따라 문을 닫은 터였다. 오후 3시 20분 버스를 기다리는 사람들이 너나없이 평상에 걸터앉아 있었다. 무주까지는 4천2백원, 대전은 8천6백원. 발차가 코앞이라 다들 차비를 세어보는 중인데, 쭈뼛쭈뼛 그가 다가왔다.

"초, 초면에 미안하지만은, 어데까지 가시는교? 무주까지 가시면 사, 사, 사천원만 빌려주심 안될까예? 잔돈이 없어서예. 무주 터미널에서 바로 가, 갚아드리겠심더."

안면이 있다고 할 정도는 아니지만, 오늘만 해도 벌써 여러 번 눈에 익은 사이였다. 내가 향적봉에서 백련사를 거쳐 구천동으로 내려오는 내내 그는 늘 몇 발자국 앞서 걸었다. 서너 시간 하산을 함께 한 셈이다. 마침 천원 지폐가 여러 장 있어 그러자고 했다.

말을 섞은 김에 무주행 버스에서도 곁에 앉았다. 그는 새벽에 거창 쪽의 송계사 계곡으로 입산入山해서 횡경재, 백암봉, 중봉을 거쳐 오전 11시쯤 향적봉에 이르렀다고 한다. 코스와 주파시간을 헤아려 보니 아주 빠른 속도다. 오늘은 덕유평전에 한참 머물다 왔다고. 말을 더듬는 편이라 세세히 알아듣기는 쉽지 않았지만, 덕분에 무주까지 가는 50여분이 심심치 않았다.

무주터미널에 도착해 편의점에서 잔돈을 바꾼 것까지는 좋았는데, 문제는 또 생겼다. 그가 4시 10분 대전행 버스를 간발의 차이로 놓치고 만 거다. 사, 사십 분 더 기다리지요 뭐. 내 돈 챙겨주려다 그리 된 것 같아 미안한 마음에 식사나 같이 하자고 권했다. 산에서 끼니를 제대로 챙겨먹기는 어려운 일이니. 그럼 자, 자, 짜장이나 한 그릇 하까예? 터미널에 붙은 중국 음식점에 마주 보고 앉았다. 그때까진 몰랐다. 국수 하나씩 앞에 두고 시작한 이야기가 그렇게까지 길게 이어질 줄은, 결국 그가 내 숙소에서 밤을 새게 될 줄은, 몇 년이 지난 지금까지도 덕유산 하면 그를 떠올리게 될 줄은.

대구삽니더. 고향은 김천이고예. 공장 다닙니더. 판넬이라꼬
알아예? 조립식 건물 외벽에 치는 거. 고등학교 졸업하고 바로
공장 들어가서 지금까지 일했니더. 처음엔 가구 만들다가 중국
산이 밀고 들어와 판넬로 옮겼니더. 말이 이래가꼬, 낯을 가리
는 게 심했어예. 이거 못 고치믄 대학 나와도 소용없다 봤고예.
일이 고되기는 해도 사람하고 덜 부딪히니까 편했어예. 이거요?
왜 고칠라고 안 했겠습니껴? 병원도 가보고, 학원에도 찾아가
쌓는데 소용 없었니더. 내 팔자다 생각캐서 찌뿌리지 않고 살았
어예. 공장이 돈은 안 돼도, 휴가는 꼬박꼬박 쓸 수가 있어서 참
을만 합니더. 근데 돈이 없으니까 시간이 된다고 아무 데나 갈
수 있는 건 아니더라꼬예. 먹고 자고 돌아다니고 구경할라니까
결국 돈이 있어야 되더라꼬예. 서울이든 제주도든 동남아든 마
찬가지니더. 결국 산에 가는 게 제일 싸게 먹혀예. 물이랑 밥 아
니믄 오이랑 빵 싸서 차비만 내믄 되니까. 대피소 숙박도 여관에
비하면 헐값 아입니꺼? 그렇게 스무 살 즈음부터 한 20년 산만
탔어예.

어디가 제일 좋았냐고예? 헤, 여깁니더. 덕유산. 대구 팔공산
부터 다녔는데 다른 데도 가보자 싶어 가까븐 데부터 뚫었니더.
대구에서 무주가 거리로는 멀지 않아예. 처음에는 멋모르고 값
비싼 곤도라 탔지예. 산꼭대기 가기가 너무 쉬우이 맥이 풀린다
그카믄서 향적봉 꼭대기에 탁 섰는데, 그때 본 운해雲海를 잊지
를 못 해예. 덕유산 다닌 지는 10년 훌쩍 넘었니더. 계곡을 낀

데가 많아 싸서 올라가는 길이 맘에 착 들었어예. 다른 산보다 걷기도 수월한 편이꼬예. 고생할라꼬 산에 오는 사람이 얼마나 있겠습니꺼?

산을 가믄요, 정상을 찍고 끝나는 게 아이라 코스를 전부 다 녀봐야 된다고 생각합니더. 그래서 칠연폭포 가는 안성 코스, 함양에서 시작하는 삿갓봉 코스, 황점에서 가는 월성계곡 코스, 빼재에서 시작하는 대봉, 지봉 코스 다 가봤어예. 남들은 마, 상고대(나무 모양 그대로 얼어붙은 눈서리)가 최고라꼬 한겨울에 향적봉 올라가는 코스를 제일로 치지만예, 저는 봄날에 중봉에서 동업령 가는 길을 으뜸으로 봅니더. 원추리, 함박꽃, 하늘나리, 산수국, 참취꽃, 노루오줌, 금강초롱……. 끝내준다 아입니꺼. 초록이 온 산에 만발한데, 꼭 뿌려놓은 기처럼 꽃들이 분분이 피어나서 난리거든예. 안개 끼문 온통 뿌연데 반짝반짝 꽃만 빛나예. 비밀의 화원 딱 그런 느낌입니더. 여름산도 좋고, 단풍도 좋지마는 봄 덕유산은 꽃들이 유난한 데가 있니더. 좁아터진 작업장에서 쇳가루 들이마시다 산산이 꽃밭인 덕유평전 올라가믄 속이 뻥 뚫리지예.

그러다가 만났어예. 혼산객. 들어봤심니꺼? 혼자 오는 등산객을 기카드라꼬요. 저야 딱 혼산객이지예. 그 여자도 그랬심더. 우짜다 안성에서 동업령까지 같이 걷게 됐니더. 비슷한 연배였어예. 혼자 왔다 카는데, 오다가 물병을 떨어뜨렸능가 물 한 모금만 노놔달라 카더라고예. 어렵겠습니꺼. 안성장에서 싸온 오디도 좀 나눠줬니더. 제가 이렇게 말을 더듬고 하는데도 크게 신경쓰지 않는 눈치더라꼬예. 그게 고마웠니더. 무주읍내서 식당일 하는데 쉬는 날이라고 혼자 놀러왔다 하대예. 그쪽도 말이 시원찮아서 물어보이 조선족이라 카고요. 눈 한 쪽이 좀 이상했어예. 왼쪽만 멀쩡하고 오른쪽은 거의 안 보인다 캤습니더. 그게 뭔가 서로 편안했던 것 같애예. 그런 게 있습니더. 나중에 보이 개도 홀어머니가 키웠더라꼬요. 지는 아부지 밑에서 자랐거든예. 처지가 비슷하이 남 같지가 않았어예. 헤, 작가 선생님은 그런 거 잘 모르실 겁니더.

그 뒤로 쭉 만났심더. 한 달에 두 번 쉰다 카데예. 제 휴가를 거기 맞춰갖꼬 무조건 무주로 왔니더. 알아보이 월급이 딱 100만원이더라고요. 눈이 불편한 데도 있고, 또 불법체류자니께⋯⋯. 저도 많이는 못 받습니더. 대화가 안 되니⋯⋯. 식당에 딸린 방에서 쪽잠 자고, 공휴일 주말에도 일한다 카이⋯⋯. 안쓰러우니께 맘이 더 가드라꼬예. 친해지이 일하다 힘든 일 있으믄 밤에나 통화하는데⋯⋯. 제가 이래갖꼬 길게 대답은 못하지만서도 듣고 있자면 찡합니더. 처음엔 제가 기둥처럼 버텨줄라꼬 시작한 건데 시간이 지나믄서 저도 기대게 되더라꼬예. 누가 날 의지해 주믄 은근히 나도 그 사람을 의지하게 되는 갑디더.

고백예? 헤, 그런 것 없었니더. 사귀자 말도 안 했고, 헤어질

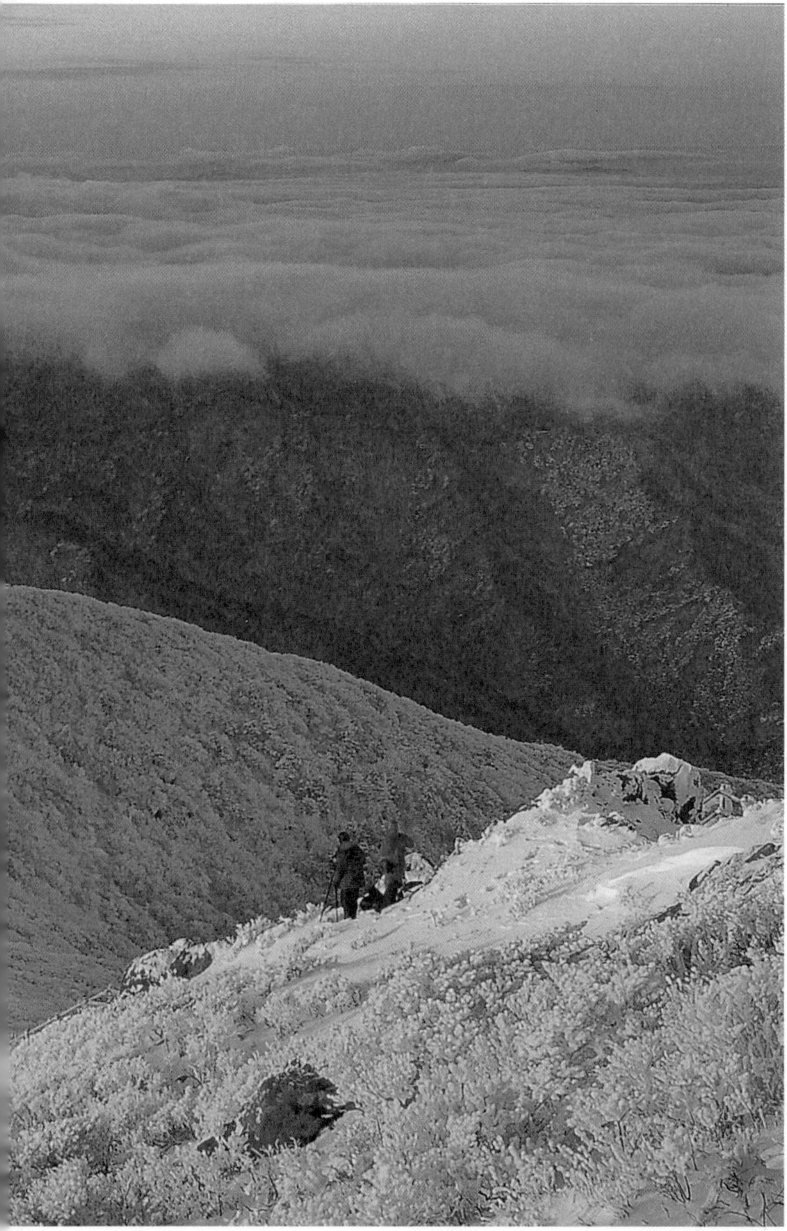

• 덕유산 중봉의 겨울 운해雲海 (사진제공 : 무주군청)

때도 말은 없었으예. 없이 사는 사람은 그런 거 집착하지 않해예. 만나믄 좋은 기고, 못 만나믄 아닌 기라예. 사정이 있겠지 그케 생각합니더. 그냥 좋았어예. 그랬으이 안 싸우고 오래 만났지예. 세 보이까 횟수는 얼마 안 되더라꼬요. 많아야 한 달에 두 번인데, 이거 빼고 저거 빼믄 1년에 사십 번 채우기가 바쁩니더. 삼 년 만났으이 백 번 쯤 되겠네예. 근데 말입니더. 계속캐서 만나게 되니까예, 해주고 싶은 게 많아지더라꼬요. 한 번 만나고, 그 다음 만날 때까지 보름 정도 짬이 있으니까, 다음엔 어디 가서, 뭘 해주까, 뭘 먹일까. 좋은 데 안 가 본데 다 델꼬가고 싶었습더. 1박 2일로 놀러 가서 관광하고, 모텔서 자고 회도 사주고 해봤지요. 하루는 너무 돌아댕겼나 숙소에서 발바닥이 아프다고 하대예. 여관방 의자에 앉혀놓고, 대야에 뜨신 물 받아다 발을 주물러줬더니. 첨엔 부끄럽다 카더만 나중에는 고개를 수그리고 울먹울먹 하더라꼬예. 고맙다믄서.

그런 일이 있고 나니까, 어느 날 생각하는데, 제 인생이 허깨비 같더라꼬요. 내가 이런 사람 하나를 못 만나고 천둥벌거숭이처럼 살아왔구나. 그때부터는 매일매일 기다리게 됩디더. 만나기 한참 전부터 그 여자 볼 날을 하루하루 기다리고, 만나고 온 그날 밤부터 또 하루하루 꼽아가믄서 다시 보기를 또 기다리고…… 그라믄요, 다른 기 하나도 없이 그냥 얼굴만 봐도 좋게 됩디더. 서로 보믄서 방실방실 아무 말도 않고 웃고 있어예. 그게 하나도 이상하지 않더.

정말 어려운 건 하나였어예. 돈이 빤하니까. 그래서 방을 더 좁은 데로 옮기고, 식비도 좀 줄이고 그랬니더. 절약을 한다고 했는데, 한계가 있더라꼬요. 그쪽에서도 미안해하고. 돈을 못 내게 하니까. 처음에는 대천도 가고, 전주, 목포, 부산, 경주……. 두루 돌았는데 어느 날은 그러더라꼬요. 매번 이러는 게 짐 된다꼬. 오빠, 나 큰 욕심 없다. 산에만 다녀도 괜찮다. 사시사철 덕유산만 가도 행복하다. 탐방로가 많다카이 봄, 여름, 가을, 겨울 굽이굽이 다 델꼬 가주믄 안 되겠나? 그 말 듣고 홧홧하긴 했지만 속으로는 감복했니더. 우리가 이리 살아도 알아주는 맘 하나는 빠지는 데가 없구나. 참말로 수더분한 사람이다 했어예.

그 뒤로는 덕유산, 적상산, 민주지산, 지장산, 대덕산……. 무주쪽 산만 돌았어예. 계절이 변하믄 경관도 변하고, 그러믄 물색도 바뀌고 공기도 달라지고…… 좋았니더. 몸만 딱 틀면 무주는 사방이 다 산이라예. 그기 다 그길 꺼 같지만 달라예. 여기가 충청도, 경상도, 전라도 세 도道가 맞붙어 있는 곳 아입니꺼, 면마다 풍습이 다르꼬예, 산세도 천지 차입니더. 대단한 건 못 해줘도 올라갔다 내리오면서 밥 두 끼니 같이 먹는 게 무장 좋았는데, 어느 날 일하는데 전화가 왔니더. 일과 중에 전화 안 하는 사람인데…… 떨고 있더라고요. 자기 임신한 것 같다꼬..

그날 조퇴하고, 갈아타고 갈아타서 무주로 바로 와 밤늦게 만났니더. 어찌 하믄 좋겠노? 지는 아를 뗐으면 한다 카더라고예. 일단 형편도 안 되고, 식당 일이라 헛구역질 하믄 쫓기나고 소문 퍼져서 딴 데서 일도 몬하게 된다꼬. 그럼 관두고 내 있는 데로 온나, 내가 책임지께, 그캤어야 하는데, 못 그랬니더. 다른 맘이 있었던 건 아닌데, 그림이, 그림이 안 그려졌어예. 내가 버는 돈 150만원 가꼬 월세 내고 밥 묵고 애 키우고 하는 게 아무리 봐도 그림이 안 나오더라꼬요. 미안해서 말을 못 했니더. 니 원하는 대로 하자, 그러고 말았니더.

수술비 할 돈 마련해서 먼저 부쳐주고 다음 주에 다시 보기로 했어예. 같이 대전 나가서 수술키로 했는데…… 둘이 시간 맞추기가 어렵더라꼬요. 애도 식당에서 평일날 이삼일 시간 빼야지, 나도 그카지. 그간 놀러다닌다꼬 휴가를 다 써버려서 평일에 쉴 수가 없는기라요. 보름이 훌쩍 가버렸니더.

수술이 계속 밀려가꼬 초조한 마음으로 일하고 있는데, 떡 문자가 왔니더. 애 못 지울 것 같다고. 지도 애럽게 커서 배운 거 없고 돈도 없지만 이렇게 보내는 건 아닌 것 같다고. 낳아서 기를까 한다고. 지는 잘 됐다 싶었어예. 그럼 일 정리하고 대구로 오소, 부족해도 내가 뒷받침해주께 이렇게 답했니더. 어떻게든 하믄 되지 했어예.

근데 뜻이 그게 아니었어예. 그 뒤로 연락이 안 되는 겁니더. 며칠은 이상하다 싶다가 무서운 마음이 드이 출근하다 말고 바로 무주로 왔니더. 일하는 식당에 찾아갔어예. 없더라꼬요. 며칠 전에 정리하고 떠났다고. 갑자기 그만둬서 사람 메꾸느라 힘들었다고 사장이 그카데예. 살림방도 봤는데 말끔했어예. 진짜 떠난 겁니더.

눈 앞이 캄캄하더라꼬예. 이 사람이……. 어떻게 살라꼬……. 계좌번호를 알고 있어서 돈부터 부쳤어예. 근데 송금이 안 된다고, 계좌가 없어졌다든가 막혔다고 나오더라꼬요. 그 며칠 뒤까지는 받지는 안 해도 전화가 연결은 됐었는데 얼마 뒤로는 아예 없는 번호라 뜨더라고예. 아예 끊어버린 겁니더. 속에서 천불이 나더라꼬예. 소리도 막 지르고, 욕도 하고, 벽에다 발길질도 하고 그랬니더. 바늘을 한 뒷박 삼킨 것처럼 가슴이 콕콕 찌르는 게 오래 가데예. 내가 몬 믿을 구석이었구만 싶으이. 반 년 넘게 폐인처럼 지냈니더. 내 못 난 탓인 거를 지금이야 알지만, 그때는 그랬구나 해지지가 않더라꼬요. 원망 많이 했습니더.

그 뒤로 몇 년을 덕유산은 쳐다보지도 않았어예. 다시 팔공산, 황악산, 신불산 같은 대구 근방 산들만 돌다가……. 영남 알프스 밑의 새로 연 순두부집에서 그 여자 사장님을 만났니더. 무주 식당 팔고 여기로 왔다꼬요. 근데 그카는 거라요. 자기 무주 뜨기 전에 그 여자가 다시 돌아왔더라꼬. 애 하나 들쳐메고 다니는 걸 몇 번이나 봤다꼬요. 자리잡고 일하는 모양이던데? 찬물을 확 뒤집어쓴 것 같았니더.

다음 휴가 때 바로 무주로 갔니더. 근데에, 아무런 단서도 없는 거라요. 여기저기 헤매고 물어보고 캐샀는데……. 찾지를 못했습니더. 아침부터 저녁까지 미친놈처럼 무주 바닥을 헤집었는데 못 만났어예. 휴일마다 무주 와서 터미널에도 있어 보고, 교회에도 있어 보고, 절에도 있어 보고, 놀이터도 찾아 당기고요. 몇 달을 그랬니더.

그러다 하루는 덕유산 있는 저기 설천에 왔어예. 장날 맞은 장터에 점방, 닭집, 호떡집까지 지키다가 끝내 못 찾고 직행버스 타고 무주로 떠나는데……. 차창 밖으로 걸어가는 그 여자를 봤니더. 한 눈에 알아봤어예. 가방이, 제가 사준 등산가방을 맸더라꼬예. 애 손을 잡고 가는데……. 자세히 못 봤는데도 그 아아가 제 아 같더라꼬요. 살아는 있었구나. 왈칵 눈물이 쏟아지데예. 정신줄을 놓고 한참을 그냥 울었니더. 아이고, 이럴 때가 아인데! 기사한테 소리소리 질러서 버스를 세워서는 미친 듯이 도로 달리가 그 자리를 헤매는데……. 이미 없었어예. 그날 그 동네를 아흔 번은 돌았을 겁니더.

설천면에 있는지 구천동에 있는지, 리조트에서 일하는지……. 단서는 없어예. 그래도 덕유산을 다니다 보믄, 설천에서 군내 버스 타고 댕기다 보믄 언젠가는 만나겠지 싶어예. 만나서 뭘 어떻게 해보겠단 게 아입니더. 그냥 미안하다, 고생했다 그러고 싶어예. 받아만 주면 모은 돈만이라도 주고 싶습니더. 맞아예, 남편이 있을지도 모르지예. 상관없니더. 미워도 하고 탓도 했지만……. 그때 나를 만나준 것만 해도 고마워예. 그 여자가 아니믄 평생 동안 나한테 웃어준 여자가 없습니더. 하물며 어무이도 없었는데예. 걔가 내 애인이고 딸이고 엄마고 하느님이었심더.

하루는 야근하고 썰렁한 방에 돌아와서 TV 켜고 누웠니더. 잠이 안 오더라꼬예. 어쩌다 다큐멘타리 프로를 보게 됐심더. 금강에 사는 토종 물고기들 찍은 거였어예. 감돌고기라고, 얌체짓 하는 물고기가 있더라꼬요. 알을 낳아서 지가 안 돌보고, 꺽지라는 다른 물고기한테 갖다 놓는 놈이. 꺽지도 지 알을 지키느라꼬 신경이 곤두서 있으니까이 알 갖다 옇기가 어데 쉽습니꺼? 게다가 갖다 놓고 나서도 근방을 맴도는 거라요. 혹시나 무슨 일이 생길까 마음을 못 노니께. 근데 그 모습이 얌체 같지만은 않꼬, 이상하게 슬픈 겁니더. 보고 있는데, 그냥 주르륵 눈물이 쏟아지더라꼬요. 제 새끼도 지가 못 지키고, 여자도 못 지키고. 같은 자리만 뱅뱅 도는 기······. 꼭 지같더라꼬요. 금강이 무주 남대천하고 이어지는 그기 맞지요? 제가 안 키우고 남한테 맡긴다꼬 탁란托卵이라 하데예. 물속의 뻐꾸기라고 캅디더. 근데 저는 밉지가 않더라꼬예. 얌체같지가 않더라꼬. 오죽 했으믄 그랬겠나······.

소원요? 다른 거는 아이고, 딱 한 번 그래보고 싶기는 해예. 딱 오늘같이 볕 좋은 때, 그 여자하고 예전처럼 손깍지 끼고 향적봉에서 중봉 내리가는 그 좋은 길, 덕유평전 산행을 꼭 한 번 다시 해보고 싶어예. 수도 없이 다녔는데, 이렇게 되고 보이 그게 다 그짓말, 취해서 혼자 꾼 망상 같은 기라요. 참말로 그런 일이 있었나? 우리가 정말 그리 좋았나? 다 꾸며낸 얘기 아인가? 그때는 스마트폰이 아니라서 사진 한 장 지대로 남아 있는 게 없어예. 전화번호도 없어, 사진도 없어, 어디 사는 지도 몰라, 본 지도 10년 가까이 되어 가······. 전부 가짜같고, 원래 없었던 일처럼 생각되는 거라. 미치겠는 거라. 그러니 딱 한 번만 다시 덕유평전을 같이 걸어보믄요, 다른 소원이 없을 거 같아예.

맞아예. 책에다 쓰시라꼬 이 얘기를 하는 겁니더. 언젠가 그 여자가 읽을 수도 있다 아입니까. 지금도 무주에 있는지 모르지만, 여이 살았고, 덕유산 좋아했고, 수없이 다녔으니께요. 이야기가 실리믄 개가 볼 공산이 더 커지지 않겠습니꺼? 저는요, 무주를 아무 데도 맘 편하게 못 봅니더. 남대천을 보든, 장터를 보든, 면사무소를 보든, 세탁소를 보든, 태권도장을 보든, 국수집을 보든, 이제는 보는 곳마다 다 그 여자가 있을 것 같아예. 아니믄 그 아아가 있거나……. 아무데서도 눈을 뗄 수가 없게 됐니더. 사방천지 모든 여자들이 다 그 여잔 것 같꼬, 애 손 잡고 걸어갈 것 같고 그렇십니더.

무주 책 쓰신다카이 딱 그 생각이 들더라고예. 내가 당신을 꿈처럼 생각했다는 거, 고마워 한다는 거, 또 여직 미안해 한다는 거, 어쩌믄 그걸 전할 수도 있겠다. 개도 그렇게까지 한 데는 생각이 많았을 꺼라요. 안 됐지요. 근데 그 안 된 게 다 자기 책임은 아이라꼬 얘기해 주고 싶었어예. 그 책임을 내가 짊어지지 못해 죄스럽다꼬. 힘 많이 들믄 내 탓하고 살라꼬요. 죄가 있다믄 내가 다 받을 테니까, 너는 그냥 맘 편하게 잘 살라꼬. 아이하고 행복하라꼬요,

긴 이야기였다. 끝나지 않는, 끝날 수 없는 이야기이기도 했다. 그가 쏟아내던 말을 그치고 잠잠해졌을 때는 이미 여관방 블라인드 틈새로 빛살이 들이쳐 천천히 찰랑거리기 시작하는 희부윰한 새벽녘이었다. 무언가 빠져나간 듯 한동안 멍한 눈길

• 단풍으로 물든 덕유산 능선 (사진제공 : 무주군청)

로 벽만 쳐다보던 그는, 내가 미쳤나봅니더, 이래 신세를 지고, 하더니만 부리나케 배낭을 챙겨 머리를 꾸벅 숙이고는 휑하니 나가버렸다. 미안하다고, 주무시라고 배웅을 뿌리치는 그를 터미널까지 쫓아가 그가 탄 버스가 먼지를 일으키며 출발하는 모습을 보고서야 숙소로 돌아왔다. 사람이 빠져나가 휑뎅그렁해진 방은 과자봉지와 나무젓가락, 안주 부스러기가 되는대로 흩어져 스산했는데, 구석에 밀어놓았다가 쓰러진 술병이 꼭 누군가의 모습인 것처럼 느껴져서 공연히 마음만 쓰라렸다. 그는 대전복합터미널로, 또 대구터미널로, 또 공장으로 여러 번 시외버스를 갈아타며 일터로 복귀할 것이다. 흔들리는 차 속에서 눈이나 제대로 붙일 수 있을는지.

그리고 며칠 뒤 다시 토요일이면 그는 도로 대구와 대전터미널을 거쳐 무주로 되돌아올 것이다. 이른 새벽부터 해질 때까지 읍내와 눈내(설천雪川의 본래 지명), 덕유산을 또 누빌 것이다. 다음 주에도, 다음 달에도, 만나지 못한다면 그 다음 해에도. 김천에서 태어났고 대구에서 일하지만 그의 마음은 언제나 이곳에 있을 것이다.

3년 넘게 무주에서 지냈는데, 나 역시 그의 모습을 이후로는 한 번도 보지 못 했다. 이 크지 않은 산골마을에서도 딱 마주치기란 그리 쉽지 않은 일인 듯 했다.

산천山川은 말 그대로 산과 냇물을 뜻하기도 하지만, 더러는 자신이 자라온 고향, 혹은 우리가 기대고 살아가는 자연 환경 전체를 가리키는 말이기도 하다. 그의 고향산천은 이제 김천, 대구, 무주 가운데 어디일까를 곱씹어 생각하는데, 山川, 그 각각의 한자가 서로 닮아있다는 게 처음으로 눈에 들어왔다.

山이란 글자도, 川이라는 글자도 셋이 우뚝 서 있거나 혹은 아래로 흘러가는 모양을 본떠 만들어졌다. 삐죽이 솟은 가운데 봉우리와 그보다는 낮으나 가파르게 비껴 선 나머지 양쪽의 봉우리가 고고한 산山과 왼쪽 물살은 휘어져 흘러가고, 가운데 물살은 급하며, 오른쪽 물살은 길게 뻗어가는 툼벙한 천川이 그날따라 각자의 삶을 외따로 살아갈 수밖에 없는 고단한 숙명을 넌지시 전하고 있는 것 같아 문득 서늘해졌다. 봉우리든 물살이든 죄다 다르며, 서로 떨어져 있고, 그만큼 고독하다고.

그리하여 그는 그토록 맴돌게 되는가 싶기도 하다. 냇가에, 터미널에. 길에, 거리에, 외지에. 기억에, 과거에, 꿈에. 탁란하는 감돌고기처럼 차마 마음을 떼지 못하고. 칠연계곡 문덕소 서릿발처럼 차가워지는 한여름에도, 송계사길 소나무들 송진 눈물 글썽이는 가을 하루에도, 구천동 곰바위들 눈이불에 겨울잠든 세한에도, 덕유평전에 꽃물결 난분분한 봄날에도.

그런 혼산객이 그만은 아닐 것이다. 어쩌면 나 역시 비슷한 건 아닌지 자꾸만 되물어 보게 된다. 다음에 그를 만나면 짜장말고 전골이라도 사야겠다. 4인분을 살 수 있다면 정말 기쁘겠다. 2인분이라면 술도 사야 할 것이다. 그땐 내 이야기를 들려주자. 경로는 다르지만, 나 또한 혼산객으로 살아온 이야기를. 끝나지 않는, 끝날 수 없는 긴 이야기를.

春·夏·秋·冬

마魔의 산

외구천동, 내구천동, 어사길,
백련사, 향적봉

마魔의 산

외구천동, 내구천동, 어사길, 백련사, 향적봉

여러 개의 문장을 썼다 지웠어요. 무늬를 이루지 못한 채 조각조각 부서진 낱말들 위로 다시 하나의 문장을 덮어 써요. 직선의 품새처럼 짧고 단호하게. 언젠가 당신을 덕유산으로 데리고 가겠다고. 산마루인 향적봉, 능선이 파도처럼 중첩해 밀려오는 파노라마 펼쳐지는 고원에서 번다한 일상을 제쳐두고 우리 미뤘던 이야기를 느릿느릿 나눌 수 있었으면 해요. 계절을 가리지 않아도 좋겠어요. 섬마을內島里 복숭아 발그레한 여름이어도 괜찮고, 무풍의 서원 옆 사과밭에 홍로가 뺨을 붉히는 가을이어도, 산하에 한 줄기 길만이 오직 회색인 폭설의 계절이어도, 강둑마다 흐드러진 금계국이 샛바람타고 군무를 추는 한봄이어도 좋겠지요.

무주에서 설천을 지나, 라제통문에서 우회전하면 삼공삼거리까지는 외구천동, 그리고 삼공삼거리부터 어사길, 백련사까지는 내구천동이겠지만 이제 안전상의 이유로 대개의 외구천동에

101

는 들어설 수 없으니 사람들은 얼마간 내구천동만을 구천동이라 여기겠네요. 그러나 당신과 함께 밟아가는 길, 저라면 차창을 일일이 짚어가며 은구암隱龜岩, 청금대聽琴台, 와룡담臥龍潭, 학소대鶴巢台, 수심대水心臺, 파회巴洄 같은 잊혀져 가는 장소들을 함께 되뇔 거예요. 그리고 마침내 희디 흰 자작나무가 일렬로 서서 열병식을 벌이는 내구천동 어사길로 접어들겠지요. 경사가 야트막해서 자전거나 휠체어를 타고도 오를 수 있는 그 상냥한 산길을 걸을 수 있기를 바래요. 별칭을 가진 수많은 계곡마다 멈춰서서 수면 위로 반짝이는 계절을 카메라도 없이 찍겠어요. 순백의 연꽃이 장엄하게 피어난다는 백련사 마당까지 간대도 근사하겠지만 꼭 그러지 않아도 상관없을 거예요. 길에서 종종 마주치는 식당의 더부살이 강아지들처럼 한껏 게으름을

무주 외구천동의 가을 (사진제공 : 무주군청)

피우며 한나절 해찰이나 하다가 돌아간들 어때요. 이미 당신과 오붓하고 온전할 것일진대.

대개의 사람들은 우리와는 반대로 내려오겠지요. 리조트에서 곤돌라를 타고 올라 정상인 향적봉(1,614m)을 밟고, 백련사를 거쳐 어사길로. 하지만 우리는 비로소 시작한 즈음이니까 거슬러 오르는 다소의 힘겨움 정도는 받아들이기로 해요. 쉬었다 가자고도 서로에게 말하고, 주전부리를 나눠먹기도 하면서 쉽지만은 않은 길들을 끝까지 밟아가기로. 어떤 감정은 더불어 겪는 어려움 속에서 도리어 조금씩 더 연장된다고도 하니까. 저는 꿈꿔요 우리가 아주 오래 지속되기를, 가능하다면 일생이 다 서로에게 속하였기를.

내려올 때면 이번에는 어사길이 아니라 포장되지 않은 옛길을 통해 돌아왔으면 해요. 좁지만 곳곳에 작은 웅덩이와 거기 기대서 자라는 키 작은 수목들도 만날 수 있으므로. 진입로에 솟아난 생강나무의 잎사귀를 흔들어 피어오르는 알싸한 향내를 맡으며 당신과 걸었던 일들을 단지 눈으로 본 장면만이 아니라 오감伍感으로 돌아볼 수 있었으면 해요.

아시는지요. 무주茂朱란 이름은 사실 덕유산과 적상산을 아우르고 있답니다. 무성한 산이라는 뜻의 무산茂山이 비슷한 뜻의 무풍茂豊으로 바뀌고, 적상산 물줄기라는 의미의 적천赤川이 같은 말인 단천丹川, 주계朱溪로 변했다 둘이 합쳐지며 앞글자를 따서 '무주茂朱'로 정착되었지요. 우리도 언젠가 그렇게 한 글자씩 따서 아이의 이름을 지을 수도 있을까요.

전란의 오래된 피난처十勝之地였으며, 또 반대로 저항을 위해 숨겨진 매복지이기도 했던 덕유산 구천계곡은 한때의 여행지라기보다, 누구나 한세상을 의지해 살아도 무방한 넉넉하고 품이 깊은 터전이기도 합니다. 언젠가 우리가 도시 생활을 정리한다면 그 한 구석에 하늘을 받치고, 냇가를 낀 작은 집 한 채를 거두어 살았으면 좋겠네요.

당신도 기다리고 있었나요. 그 때, 어쩌면 그저 과거였고, 때로는 정말 과거이긴 했는지 스스로도 미심쩍어했던 어떤 한 때를. 아직 오지 않은, 그러나 실은 머릿속에서 수없이 반복해 경험했던 밀밀한 시간의 도래를.

이 그윽한 동네 덕유산 밑 구천동에서 세상의 모든 전신주들을 무너뜨리며 당신께로 가고 싶습니다. 죄다 캄캄해질 때 마침내 틀릴 수 없는 길을 찾아낼테니. 저 끝에서 온통 환한 당신.

*

무주에서 구천동행 직행버스(소요시간 50분)를 타면 차는 30분쯤 달려 설천터미널을 경유하고, 다시 15분쯤 더 가서 마지막 목적지인 구천동에 다다른다. 무주에 들어서면서 차창으로는 완연한 시골 풍경이 펼쳐지는데, 특히 설천을 거쳐 라제통문과 삼공삼거리 사이를 이동하는 마지막 15분여가 특히 장관이다. 37번 국도의 양 옆으로는 벗나무들이 가로수로 솟아나 있고, 언덕 곳곳으로는 과수원들이 계절빛을 휘황하게 둘렀으며, 너른 계곡을 감아도는 물살이 지상에 속해있지 않은 듯 유난하다. 외지인들은 흔히 내구천동만을 무주구천동이라 말하지만, 사실 계곡의 규모와 기이함을 놓고 따지자면 외구천동을 윗길로 두고 싶다. 은구암隱龜岩, 청금대聽琴台, 와룡담臥龍潭, 학소대鶴巢台, 수심대水心臺, 파회巴洄 같은 고전적 명승지를 두루 갖추고 있는 외구천동은 예로부터 세파와 번민을 씻어준다고 알려져 있다.

　그러나 몇 년 전부터 안전상의 이유로 외구천동 대부분의 출입을 막아놓은 탓에, 여행자는 선택의 여지 없이 내구천동으로 향할 수밖에 없다. 구천동 관광특구의 널따란 계곡이 여름철이

무주구천동 계곡 (사진제공 : 무주군청)

면 피서객으로 발 디딜 틈도 없을 지경이지만, 나머지 계절에는 조용하게 덕유산을 즐길 수 있을 정도로 여유롭다. 특히 평일에는 내구천동의 백미인 어사길(암행어사 박문수가 이 길을 다녔다는 설화가 있어 이렇게 부른다)이 호젓해질 정도다.

덕유산에서 가장 인기가 많은 코스는 무주덕유산리조트에서 곤돌라를 타고 올라 정상인 향적봉(1,614m)을 밟은 다음, 백련사를 거쳐 어사길로 구천동 관광특구까지 내려오는 길인데, 난이도가 낮은 초급 코스라 남녀노소 모두에게 사랑받는 경로다. 그러나 걸어야 하는 거리가 짧지는 않은 터라 근방의 나들이객들은 구천동 어사길로부터 백련사까지 거슬러 오르는 반나절 코스를 선호한다. 왕복 서너 시간 정도 걸리는 이 코스야말로 필자가 가장 빈번하게 오갔던 탐방로이기도 했다.

내구천동의 매력, 그러니까 어사길로부터 백련사까지 계곡길의 좋은 점을 딱 한 가지로 추려내기는 아무래도 어렵겠다. 덕유산은 후덕하고 부드러운 산이라 누구에게나 너른 품을 열어주는데 특히 어사길은 내내 계곡을 옆에 끼고 펼쳐지면서 몇 걸음 걸을 때마다 전혀 다른 산수山水를 선보인다. 특히 본산에 이르는 진입로가 길다는 게 장점인데, 한번에 가팔라지지 않고 아주 천천히, 눈치채지 못할 만큼 더디게 비탈지면서 누구나 쉽게 산에 적응할 수 있도록 도와준다. 게다가 진입로에서부터 온갖 나무들과 꽃, 탁월한 골짜기들을 만날 수 있다는 점은 덤이다.

구천동 관광특구는 펜션과 민박들로 빼곡하게 둘러싸여 있지만 사실 추천할 곳이 드물 정도로 비싸고 악명도 높다. 그러나 덕유산은 죄가 없다. 필자는 이렇게 갈음하곤 한다. 신(자연)을 만나기 위해, 축복의 통로(내구천동과 외구천동)로 나아가려면 어쩔 수 없이 지옥의 불칼(상업지역)을 통과해야 한다고. 그럼에도 덕유산과 구천동은 번거로운 입사식을 충분히 무릅쓸만한 장소라고.

무주에서 좋은 곳, 아름다운 곳은 이 책에 쓰여진 곳 말고도 당연히 많다. 그러나 딱 한 곳, 가장 무주다운 곳, 뿌리가 자란 곳을 꼽자면 덕유산이고 구천동이다. 덕유산과 구천동을 제외한 나머지 곳들은 덕유산을 먼저 경험한 뒤에 가보더라도 늦지 않는다.

또, 덕유산은 계절을 가리지 않는다. 언제고 아무 때나, 또 어느 코스를 통해서 와도 좋다. 가능한 모든 등산로를 밟아보라 권하고 싶지만 모두에게 가능한 일은 아닐 것이다. 그러나 일부라도 걸어봤으면 한다. 덕유산은 한 코스를 가봤다고 해서 다른 곳을 안다고는 말할 수 없는 정말 드넓은 산이다. 풍광은 골짜기마다 전혀 다르다. 우리는 덕유의 일면만을 보았을 뿐.

일생에 한 번은 이곳에 오게 될 거다. 그때를 놓치지 말기를 기원한다. 여기는 그럴만한 가치가 있으니까. 마魔의 산이니까.

**

무주의 지명 연원에 대한 해석은 덕유산국립공원사무소가 발간한 『영봉에 눈꽃처럼 피어난 덕유산의 역사와 문화』 1,2권에 전적으로 빚진 것이다. 적확한 근거를 찾고자 수많은 책과 자료를 뒤적였지만 이 책보다도 더 설득력있는 연구를 찾아보지 못했다. 경의와 감사를 전한다. 집필자인 신현웅 선생님과 책임자인 김재규 선생님, 총괄하신 허영범 덕유산국립공원사무소장님, 이같은 연구결과를 수강할 수 있도록 도와주신 이유진 선생님과 김태령 선생님께도 고마움을 전하고 싶다. 덕유산국립공원 임직원 여러분들, 진심으로 감사드립니다.

원추리꽃 핀 덕유산 (사진제공 : 무주군청)

    저는 꿈꿔요 우리가 아주 오래 지속되기를,
  가능하다면 일생이 다 서로에게 속하였기를.

春·夏

죽어도 좋아

무주 반딧불 축제

• 반딧불이를 받쳐든 꼬마아가씨들 (사진제공 : 무주군청)

죽어도 좋아

무주 반딧불 축제

가을이 왔다고도, 아직은 여름이라고도 딱부러지게 말할수 없는 8말9초, 다시 말해 8월 말 경부터 9월 초순 사이가 되면 읍내 고양이들의 눈이 샐쭉해진다. 동네가 온통 소란스러우니까. 지붕 밑에서 화분 뒤에서 간판이 드리운 그늘 아래서 늘어지게 늦잠을 자던 냥이들은 뚝딱거리는 소리에 아침잠을 설치고 공연히 죄도 없는 강아지들에게 핏대를 세워 냐옹거린다. 군청 직원들이 전부 거리에 나와 있는 것처럼 북적이는데, 안성, 설천, 무풍, 부남…… 버스와 트럭, 승용차가 부지런히 오가며 면민面民들까지 실어 나른다. 한풍루 앞마당에는 천막이 서고 예체문화관 옆 주차장에는 가설무대가 펼쳐진다. 무주교 너머로 대형풍선이 두둥실 떠오르는데 그 밑에서는 섶다리를 만드느라 한창이다. 터미널 옆 하나로마트에서 덕화리버사이드모텔까지 이어지는 강변길에는 대형트럭이 몇 번 씩 왕복하며 간이테이블과 플라스틱 의자를 좌라락 깐다. 여기저기에 짐 보관함과 이동식 화장실까지 놓이고 나면 준비는 얼추 마친 셈이다. 느티나무 밑동마다 플래카드를 매달고, 가로등 허리춤에 색색들이 깃발이 내걸리면 무주는 신랑을 기다리는 각시 마냥 달뜨게 달아오른다. 그제야 사태의 심각성을 알아챈 강아지들이 빈 집만 지키다 소리가 연이어 울려나는 지남공원을 향해 월월월, 일없이 짖을 때 학교를 마친 아이들은 난장이 펼쳐지는 행사장을 해찰(일없이 서성거린다는 뜻의 전라도 사투리)하느라 개 밥 주는 걸 잊어버린다. 등나무운동장에서 바라보는 파아란 하늘에는 우윳빛 구름이 걸려있고, 군청사 차양 깊은 속에서는 머루가 까맣게 익어간다. 개막 선언과 함께 작은 풍선이 하늘 높이 떠가면 사람들은 기다렸다는 듯 승용차와 시외버스로 속속 들이닥친다. 무주의 전체 인구는 2만4천여 명. 반딧불축제가 열리는 동안, 방문객수는 20만명을 훌쩍 넘긴다. 한풍루 건너편 편의점은 평소 2주에 한 번 물품을 개비하지만, 축제 기간에는 하루에 다섯 번까지 상품을 새로 채운다. 점심으로 천원 국수 얻어먹고 누군가가 쥐어준 시루떡 한 조각까지 베어물며 행사장 길을 걷는데, 사람이 많아 이리 치대고 저리 치대고 하다 보니 농협 화장실에서 간신히 한숨 돌리며 바라본 거울 속에는 뺨이니 코니 눈두덩이에 팥고물로 연지곤지를 찍은 우스꽝스러운 사내가 하나 비쳤다. 반딧불 축제는 무주읍 일원에서 약 9일간 계속된다. 매년 벌어지는 일이고만 유난스럽기는. 우체국 화단 너머로 고개를 쏙 뺀 고양이 한 마리가 북적이는 남대천교를 내다보며 길게 기지개를 켜고는 하품인지 입맛인지를 쩝쩝 다셨다. 고요하던 읍내는 완전 살판이 났다.

같은 시각, 무주군 농업기술센터 소속 주무관 정재훈(44세)씨는 다른 공무원 몇과 함께 시끌벅적한 읍내를 뒤로 하고 멀리 부남면 도소마을 뒷산 어름께에 나와 있었다. 인가 하나 없이, 어기찬 시냇물만 휘어져 흐르는 텅 빈 벌판에서 혼자 중얼거리며 무언가를 가늠하고 있었다. 그는 어딘가로 전화를 걸어 점검 완료, 라고 알려주었다. 그가 떠나간 숲 속에서는 아무도 없는데 츠츠츠, 풀잎을 비비는 것 같은 아주 작은 소리만 이따금 흘러나왔다.

이 축제의 가장 중요한 일들은 모두 밤에 벌어진다. 당신이 관광객이라면 저녁만 먹고 훌쩍 떠나는 어리석은 행동을 하지 않는 게 좋다. 캄캄해지면 남대천 한가운데에서는 두문마을 주민들이 펼치는 낙화놀이 불꽃축제가 타닥이며 수면에 붉은 그림자를 드리우고, 가족들 소망을 담아낸 풍등이 한 점 한 점 솟아올라 막 태어난 별들처럼 여름밤을 밝힌다. 그러나 가장 중요한 행사는 공무원 정재훈씨가 낮에 들렀던 산야에서 시작된다. 사전 신청을 받고 모여든 만 여 명의 어린아이 포함 가족들을 대절 버스에 싣고 한밤중 불빛없는 도로를 달려 호젓한 마을 뒷산에 부려놓는다. 가이드의 안내를 따라 가로등 하나 없는 냇가로 한참을 걸어들어가면 좌우로 늘어선 숲속에 푸른 빛들이 명멸하며 움직인다. 깊이 들어가면 들어갈수록 빛들은 더 많아지고 더 자주 더 길게 깜빡인다. 그때쯤이면 숲은 사람들이 내뱉는 탄성으로 가득해진다.

날 수 있는 놈은 수컷 반디에요. 암컷은 날지 못해요. 그래서 수컷이 암컷을 찾아다니느라 저렇게 빛을 내며 궤적을 남기는 거죠. 농업연구사 정재훈씨, 아니 한국에서 두 명뿐인 반딧불이 전문 주무관은 그렇게 말했다. 대학에서 생물학을 전공한 그는 우연히 이 일을 하게 됐단다. 무주에서 연구사를 뽑아서 지원했는데, 합격하고 나니까 반딧불이를 전담하는 일이더라구요. 10년 넘게 이 업무에 빠져 살 줄은 몰랐네요. 사람 좋은 얼굴을 하며 그는 쓱 웃었다. 축제 날짜를 정하는 일에 무주군은 늘 골머리를 앓는다. 너무 추워도, 너무 더워도 안 되고, 비가 와도 잘 나오지 않으며, 벌레들 사는 곳이 매년 조금씩 달라지는 까닭에. 홍보를 위해서는 가능한 일찍 날짜를 선정해야 하지만, 최근 들어 기후변화가 극심해지면서 축제날에 정작 반딧불이를 보기 힘들어지는 날씨가 되어버리는 건 아닐까 모두들 노심초사한다고. 무주군내 180여 곳 개똥벌레 서식지를 전 공무원이 최소 2회 이상 점검하고 확인한다.

반딧불은 개똥벌레가 추는 사랑의 춤이에요. 성충이 된 개똥벌레는 18일 정도밖에 살지 못하는데, 그동안 이슬 말고는 아무 것도 먹지 않고 짝을 찾아다녀요. 제 직업상 봄부터 여름까지는 매일 끼고 살다시피 하는데도 이놈들의 빛춤을 보고 있자면 지금도 마음이 사무칠 때가 있어요. 정 주무관은 계속해서 말을 잇는다. 물, 공기, 토양이 전부 다 영향을 미치는 환경지표 종이에요. 오염된 곳에서는 살 수가 없죠, 거꾸로 말하자면, 개똥벌레가 사는 곳은 다 깨끗하고 살기 좋은 곳이란 뜻입니다. 개똥벌레라는 이름은 옛날에는 개똥만큼 흔해서 붙은 이름일 텐데…… 이제 이 놈들이 살만한 데가 무주 말고는 거의 없죠. 반딧불 축제가 군 전체가 으쌰으쌰 해서 벌이는 가장 큰 연중행사인데, 서식지 보호를 위해 농약이나 제초제 치지 말라고 자주 계도를 하니깐 더러는 싫어하는 주민들도 계세요. 개발도 안 되니까 생활하는 데는 좋을 게 없다며.

축제 중 가장 인기 있는 핵심 프로그램, '반딧불 신비 탐사'는 부모와 아이 하나둘 해서 3~4인 가족이 주로 참여하는데, 그들을 가로등 하나 불빛 한 점 없는 나대지에 풀어놓고 나면, 제일 먼저 감탄하는 이는 부모 자신들이라고 무주군은 귀띔한다. 달빛이 이렇게나 밝은 줄 몰랐다고. 고흐의 '별이 빛나는 밤' 그림처럼 하늘 가득 별들이 박혀 있다는데 새삼 놀란다며. 탐사에는 그렇게 두 종류의 별들이 빛난다. 하늘에 높이 뜬 별과, 땅 위에 날아다니는 별들. 그 낮고 순한 별들이 손에 앉으면 눈을 감았다 뜨듯이 빛은 가만가만 조심스레 영롱인다.

한여름에 그런 전화를 받았어요. 인천에 사는 할머님이신데, 반딧불이를 볼 수 없겠냐고. 6월 탐사가 끝난 직후라서, 9월까

• 온 생명의 행복한 한 때 (사진제공 : 무주군청)

지 기다리셔야 한다고 지금은 없다고 답했더니 사연을 말하더
란다. 말기 암이라 여생이 얼마 안 남았는데, 죽기 전에 어렸을
때 고향에서 봤던 그 빛들을 꼭 한번 다시 보고 싶다고. 정재
훈 연구사는 가족들이 모셔온 할머니를 아무도 모르는 구천동
서식지에 모셔가 마지막 소원을 들어드렸다. 극심한 고통을 참
고 있는 와중에서도 할머니는 불춤을 보며 어린아이처럼 환하
게 웃으셨다고. 나중에 가족들이 다시 전화를 걸어왔단다. 침상
에서 몇 번이나 반딧불 얘기를 하셨는지 모른다고. 덕분에 아주
편안히 가셨다고.

20만 명 축제 방문객 가운데 신비 탐사에 참여할 수 있는
인원은 만 명 정도에 불과하다. 그래서 신청 접수 첫 날부터 사
람이 몰리고, 주말에는 버스를 늘려도 사람들로 아우성친다. 무
주는 참여숫자를 늘리기보다 적정 인원으로 유지하는 데 관심
을 더 두고 있다. 너무 많은 사람이 서식지를 방문하면 반딧불
이에 되레 해가 될 수 있으므로. 그런 면에서 무주는 아주 예외
적인 동네라 할 수 있겠다. 그들의 고민은 단순히 축제의 성공
여부보다 생명과 그 생명이 살아갈 자리인 자연환경 자체에 가
닿아 있다. 무조건 더 많이, 더 크게, 더 화려하게. 이 두메산골
은 그런 도시적 열망과는 거리가 멀다.

이 일을 10년 넘게 하고 있으면서도 아직 질리지 않은 건 그
표정 때문인지도 몰라요. 툭 터진 들판에서 공중에 형광펜으

로 누군가 쓰윽 칠한 것 같은 그 빛띠를 보는 사람들의 표정. 거기에는 애도 어른도 없어요. 모두들 하나같이 놀라고, 신기해하고, 감탄하지요. 제 일은 개똥벌레가 살아갈 터전이 계속 깨끗하게 유지될 수 있도록 하는 것이지만, 그게 때로는 시간의 태엽을 거꾸로 감아가는 일 같기도 해요. 오염은 조금씩이지만 확실하게 세계를 좀먹고 있으니까⋯⋯. 반딧불이가 살아가는 세계는 인간도 살아갈 수 있거든요. 그러니까 반딧불이가 세계에서 멸종된다면, 그건 그 세계에 인간 역시 더 이상 살 수 없다는 뜻이에요. 그렇게 되지 않도록 제가 지구의 시간을 돌리고 있다는 상상을 해요. 무주에서 사람들이 보고 가는 게 개똥벌레 하나만이 아니라 그런 청정한 세상이었으면 좋겠어요. 집으로 돌아가고 나서도 사람들이 계속해서 그런 세상을 꿈꾸고 만들어갔으면 해요.

허구헌 날 무주에서 개똥벌레의 결혼을 돕느라 도리어 본인의 결혼생활에는 소홀해질 때가 많다는 공무원 정재훈씨는 남원이 집이다. 춘향의 고장, 사랑의 본향인 남원. 집에는 일주일에 두세 번 들어갈까 말까라고. 개똥벌레 일이라면 점심 대접도 마다하고 업무에 틀어박혀 버리는 그는 오늘도 어딘가에서 조심스레 애벌레를 보살피고 있을 것이다.

2018년 반딧불 축제 때 개똥벌레 탐사에서 가장 많이 들린 말은 '진짜 예쁘다'였다. 2017년에는 '우와!'라는 감탄사였고.

• 반딧불이의 현란한 춤 (사진제공 : 무주군청)

2016년에는 짧은 빛무리들 어지럽게 춤추는데, 혼자 온 젊은 처자 한 분이 휴대폰 카메라로 그 빛들을 찍다 말고 나지막이 읊조렸다. 그 조근한 말투를 지금도 잊지 못한다.

죽어도 좋아.

그러나 정재훈 연구사의 말처럼, 반딧불이가 사는 세상은 우리가 살만한 세상이다. 그 '살판'난 세상에서는 그야말로 오래오래 살아도 좋을 것 같다. 그들이 더 많이 출현하기를, 그만큼 이 세계가 맑고 안전하기를, 그리하여 오염을 측량하는 시간의 태엽이 늦게나마 거꾸로 되감아질 수 있기를 빈다, 앙망한다.

숲은 사람들이 내뱉는 탄성으로
가득해진다.

① 무주 반딧불 축제는 매년 8월 말에서 9월 초 사이에 무주읍 일원에서 얼린다. 홈페이지(http://www.firefly.or.kr)에서 자세한 안내와 반딧불 신비 탐사 신청이 가능하다. 그밖에도 생태탐험 프로그램, 별소풍, 반딧불 동요제, 환경예술대전, 소망풍등 날리기 등 다채로운 행사가 열린다. 2018년에는 문광부로부터 대한민국 대표 축제로도 선정된 바 있다. 무주군 전체가 들썩들썩 하는 대단히 큰 축제이므로 여기저기 보고 놀 꺼리가 많다.

② 무주읍내에는 먹을 만한 식당이 많다. 무주 음식으로는 남대천에서 잡은 민물고기에다 된장 불어넣고 수제비 떼어내 끓인 어죽이 일품인데, 큰손식당(063-322-3605, 무주군 무주읍 단천로 143, 무주읍 읍내리 117-5), 금강식당(063-322-0979, 무주군 무주읍 단천로 102, 무주읍 읍내리 246-7). 섬마을식당(063-322-2799, 무주군 무주읍 내도로 126, 무주읍 읍내리 1357-1), 무주 어죽(063-322-9610, 무주군 무주읍 내도로 119, 무주읍 읍내리 1359)이 유명하고, 터미널 바로 옆에는 감자탕, 뼈해장국을 푸짐하게 맛깔나게 끓여내는 삼용이네(063-322-8379, 무주군 무주읍 한풍루로 361, 무주읍 당산리 1215)가 괜찮다. 그밖에도 무주군청과 등나무운동장 아래에 먹을 만한 식당이 많다. 무주읍 반딧불 장터(무주군 무주읍 장터로 2, 무주읍 읍내리 1152)에도

순대국집과 보리밥집 등 괜찮은 곳이 적지 않다. 관광지로 유명한 구천동 쪽이 아니라면 무주의 식당은 다 웬만큼은 하는 편이다.

❸ 축제가 치러지는 무주읍 일원은 무주 전체에서 가장 가성비 높은 숙소가 많은 곳이다. 공용터미널 부근에 이리스모텔(063-324-3400, 무주읍 당산리 720, 무주읍 한풍루로 381-7)이 있고, 등나무운동장 아래 J모텔(063-322-8998, 무주읍 당산리 1238, 무주읍 한풍루로 323)도 있지만 개인적으로 가장 마음에 들었던 곳은 2018년에 리모델링한 기린모텔(063-324-5051, 무주읍 읍내리 856-4, 무주읍 단천로 74)이었다. 무주 읍내에는 호텔이 없고, 리조트나 호텔급 시설을 원한다면 무주 덕유산 리조트까지 가야 한다. 펜션은 설천면과 구천동 부근에 몰려 있으며 그중 추천할만한 곳으로는 설천면의 설국펜션(063-324-2220, 무주군 설천면 원삼공2길 9-7, 설천면 삼공리 288), 무주다다펜션(063-322-7992, 무주군 설천면 외배방길 22, 설천면 심곡리 624-6, http://www.mujudada.co.kr), 구천동 주차장 아래에 위치한 무주 나봄리조트(063-322-6400, 무주군 설천면 월곡길 45, 설천면 삼공리 558-1, http://muju.nabomresort.com), 무주군이 직영하는 무주 덕유산 레저바이크텔(063-322-2882, 무주군 설천면 구천동로 968, 설천면 삼공리 822-3, http://4s.mj1614.com) 등이다.

夏

천금千金의 국수

반딧불 축제의 숨은 즐거움

• 무주 반딧불축제의 국수 장터 (사진제공 : 무주군청)

천금千金의 국수

반딧불 축제의 숨은 즐거움

지역 축제란 다 거기서 거기다. 근방에서 나는 농산물이나 싸게 팔고, 좀 이름 있는 가수 불러다 주민들 앉혀놓고 노래나 시킨 후에, 동네에서 잘한다는 식당 몇 군데 섭외해서 '전통 맛집' 스티커 붙여가지고 외지인들에게 팔아제끼고, 천막 세워가지고설랑 꼬마들 정신 못 차리게 페이스 페인팅이니 무슨무슨 체험이니 해서 돌리고 돌리면 딸려온 부모들도 그냥저냥 만족할 수밖에. 임시 주차장이나 크게 만들고, 교통순경 불러서 사거리 지도나 시키고, 지역 상품권이나 좀 뿌리면 되는 거. 안타깝게도 혹은 한심하게도 대부분의 지역 축제가 예나 지금이나 뻔할 뻔자다.

그렇게 나도 축제에 왔다. 8말9초, 그러니까 8월 말부터 9월 초 사이에. 비 온 뒤 옥수숫대처럼 길 위에 솟아난 천막부스들이 손님을 꾀느라 열심이었다. 개중 과일을 파는 한 곳에서 내미는 사과 조각을 기대 없이 받아먹으며 심드렁하게 구경

중이었다. 어, 사과맛은 괜찮네. 꽤 큰 행사
로구먼. 온 김에 밥이나 먹고 갈까. 그래, 휴
게소 음식보단 낫겠지, 푸드코트 입구를 찾
아 두리번거리는데 함께 온 후배가 아까 그
과일부스에 붙잡혀 오라고 손짓을 했다.

형, 사과 필요 없어요? 난 한 봉지 사려고.
얼만데?
한 봉지에 5천원. 큰 놈으로 일고여덟 개 들었어.
값이 좋은데.
박스로 사면 더 싼데, 너무 많다 싶네. 사서 나눌까?
됐어, 한 봉지만 사. 속이 어떤 줄 알고…….

가장으로 보이는 장년의 사내가 사람 좋아 보이는 웃음을
만면에 띠며 사과를 깎아 내밀었다. 오늘 따서 가져온 거요. 아
삭아삭 씹히는 신선한 과육 맛이 좋아서 사양 않고 주는 대로
냉큼 받아먹었다. 둘이 사과 큰 거 한 개를 거의 다 해치웠다 싶
을 만큼. 만원 지폐를 내고 거스름을 받는데, 딸로 보이는 젊은
처자가 사과 예닐곱 개로 이미 가득한 봉지에 자꾸만 덤을 들이
민다. 착한 후배가 도리질을 친다.

그만주세요. 너무 많아요.
가면서 더 드세요.

아유, 괜찮은데.

안주인으로 보이는 아주머니께서 봉지를 한 겹 더 감싸준
다. 찢어질까봐. 후배는 싱글벙글이다. 요새는 산지라고 싸게 파
는 거 없던데. 형, 잘 온 거 같애. 이런 줄도 모르고 우연히 들른
것뿐인데 괜히 어깨가 으쓱해지는 걸 감추느라 화제를 딴 데로
돌렸다. 배고프다. 밥이나 먹자.

푸드코트는 큼지막한 게 영화관만큼이나 넓었다. LPG 가스
통과 조리시설을 갖춘 판매부스가 마을 이름을 달고 줄줄이 붙
어 있어 마음에 드는 걸 주문하면 자리로 가져다주는 식이었다.

난 표고국밥, 넌 뭐 먹을래?
형, 여러 가지 먹어볼까요? 직접 캐거나 잡은 걸로 만든다는
데?
그래, 그럼.
음……. 모싯잎 잔치국수하고 연잎밥도 시킵시다.

간이테이블과 플라스틱 의자가 가지런히 놓인 내부가 딱히
산뜻해 보이지는 않았지만 축제로 만든 임시시설이라 그렇거니
했다. 음식이 나왔다.
버섯 들어간 국물이 진하구만. 감칠맛도 튀지 않고.
형, 국수도 괜찮아요. 모싯잎을 면에 넣고 반죽했나봐. 색이

예쁜데 식감도 좋네.

이 비빔밥도 연잎이 들어가니 색다른데. 나쁘지 않아. 이 나물 많이 넣어준 것 좀 봐,

누가 보챈 것도 아닌데 둘 다 후다닥 그릇을 비웠다. 소화도 시킬 겸 음식마당을 나서 좀 걸었다. 식후에 커피를 꼭 마셔야 하는 후배는 어느새 다른 부스에서 머루와인이 들어간 커피를 주문했고 나는 또 뭐 구경할 게 없나 주변을 서성거렸다.

형, 마셔봐요. 와인커피, 이것도 근사해.
됐다. 낮술 안 한다.
술은 향기만 보태는 거고 거의 커피라니까.
거의는 무슨! 머루와인을 한참 섞어주던데.

천변에는 인공 풀장, 가설무대, 섶다리가 여기저기 펼쳐져 있고 사람들로 떠들썩했다. 아이들이 다슬기를 남대천에 직접 방생하는 프로그램이 있는지 가족들이 기대에 찬 표정으로 다슬기 컵을 안은 채 줄지어 기다리고 있었다. 오종종한 모습들이 재미나게 보여서 후배가 급하게 이동해야 할 일정만 생기지 않았다면 슬쩍 껴들고 싶었다.

무주 IC를 거쳐 대전행 고속도로로 들어서는데, 차 안에서 켠 라디오에서 우리가 들렀던 행사가 무주 반딧불 축제란 걸 알려주었다. 첫날이라 한가한 편이지, 주말이면 인파로 꽉꽉 들어

찬다는 것도. 후배와 다시 오기로 약속했다.

후배는 그 뒤로 쭉 못 오다가, 2018년에야 아이들 데리고 다시 들렀다. 동요제, 기왓장 깨기, 반딧불 탐사 같은 어린이 참여 프로그램이 많아서 행사장이 꽤나 붐볐다. 점심밥을 먹자고 예전의 푸드코트를 찾았는데, 그 해엔 텅 비어 있었다. 점심에는 행사가 열리는 대로에서 가설천막 치고 면面 별로 국수만 판다고.

국수? 아니, 그 특색 있고 싸고 맛있던 푸드코트를 없애고 국수? 아니 왜? 돈 벌기 싫었나.

투덜거리며 친구네 가족과 그중 자리가 좀 낙낙해 보이는 무풍면 부스로 들어섰다. 여성분 하나가 다가와 숫자를 세더니 바로 주문을 넣었다.

애들까지 총 다섯 분이시네. 15번(테이블 번호)에 국수 다섯 개!

천막 안엔 무주 군민들이 다 들어와 있는 듯 했다. 그만큼 사람이 많았고, 서로 인사하느라 왁자지껄했다. 우리가 앉은 무풍면 말고도 안성면, 부남면, 설천면, 적상면까지 5개 면이 전부 참여한 모양인데, 딱 봐도 관광객보다 주민들이 태반이었다. 밑반찬 접시가 깔리자 누구에게랄 것도 없이 후배가 물었다.

국수에 왠 반찬이 네 가지나 나와?

그러게, 잘 못 줬나 본데.

그리고 국수가 들려왔다. 멸치를 잡맛 없이 우려낸 국물에다 호박, 당근, 파 넣고 삶은 국수를 한소끔 데쳐낸 거였다. 고명은 많지 않으나 깔끔하고 시원했다. 국물까지 들이마셔 순식간에 바닥이 드러났다. 점심 한 끼로는 가볍고 괜찮은데 성인 남자라면 약간 양이 모자랄 수도 있겠네. 후배의 국수그릇을 넘겨다보며 젓가락을 내려놓고 입맛을 다셨다. 그때였다.

더 드실래요?

아까 주문을 받던 여성분이 묻고 있었다. 더 먹어도 된다구요? 후배는 서둘러 그릇을 비우면서 말했다. 형, 저도요. 나머지는 됐다고 해서 두 그릇만 추가.

두 번 째라고 해서 작은 그릇에 담겨오는 게 아니다. 앞서와 똑같은 양의 꽉꽉 찬 한 대접이 바로 놓여졌다. 후배가 국수발을 삼키면서 물었다. 형도 몰랐어? 리필이 된다는 거? 알았다면 어제도 왔겠지. 부모님 모시고 왔겠지. 반창회, 동호회, 출판기념식 다 여기서 했겠지. 그런데 접시가 또 나온다.

떡이랑 과일이에요. 후식으로 드세요.

흰 색과 보라색 절편이 두 개씩에다 쑥떡 한 조각까지 담긴 떡 접시가 둘, 포도와 사과가 담긴 과일접시가 세 개가 보태져 깔렸다. 음, 국수는 굳이 두 그릇을 먹을 필요가 없었구나. 디저트가 있을거란 생각도 못 하고. 떡을 좋아하는데 배가 불러서 다 맛볼 수가 없었다. 아쉬워하며 아이들과 과일 접시만 살뜰하게 해치우고 계산을 치렀다.

얼마예요?
15번 테이블 다섯 분이죠? 5천원입니다.
1인당 5천원 해서 2만5천원이요?
아뇨, 인당 천원이니까 총 5천원이에요.

그랬다. 이건 천 원 국수였다. 무한 리필에다, 반찬도 여러 가지, 후식까지 나오는데 한 사람당 천 원. 후배와 놀란 눈이 마주쳤다. 무주는 신이 축복한 고장이다! 만 원 지폐 한 장을 내주고 다시 5천원 지폐를 돌려받는데 미안하고 황송한 마음에 손이 덜덜 떨렸다. 아이들과 함께 셈이 끝나길 기다리던 후배는 내가 국수천막을 나오자마자 한 마디했다.

형, 3년이나 무주에 있었다면서?
그래, 왜?
근데 어쩌면 하나도 몰라요? 이렇게 좋은 걸.
야! 여기 내가 널 데리고 온 거 몰라? 애들이 떡하고 과일 좋아하는 거 알고 일부러 국수 먹으러 온 거야.

물론 그러시겠죠.

후배는 싱긋 웃으며 작은 아이는 목마 태우고 큰 아이는 제 허리춤 붙잡고 따라오게 하고는 물놀이 하러 남대천으로 내려갔다. 지역축제란 거기서 거기지, 그렇다. 그런데, 다 그런 건 아닌가 보다. 이런 데도 있으니까. 덤을 주다 못해 비닐주머니가 찢어질 것 같은 곳, 직접 기른 농작물로 음식을 만들어서는 대접이 미어져라 푸지게 내어주는 곳, 커피보다 와인을 더 많이 섞어주는 곳, 무한리필 천원 국수, 아니 천금千金의 국수를 파는 곳. 아는 척, 빠삭한 척, 전문가인 척 하는 헛똑똑이들에게 드넓은 아량으로 겸손을 가르쳐주는 산골 마을도 있으니까. 후의厚意란 이렇듯 오래 알고 지낸 이웃들한테도 넌지시, 은근히, 알 듯 모를 듯 하게 배려해주는 다정한 마음이니까.

이렇게 조근조근 말하고 있잖아. 누가 정색을 했다고 그래.

변명이 아니라니까, 진짜라니까. 내가 무주에서 3년이나 살았다니까!

❶ 무주 반딧불 축제는 매년 8월 말에서 9월 초에 열린다. 행사일정과 문의는 무주군청 홈페이지(https://www.muju.go.kr)를 참고할 것, 천원 국수 행사는 중간에 잠깐 없어졌다가 2018년에 다시 부활한 바 있다. 어복식당과 덕화리버사이드 모텔 사이 반딧불 축제 행사 부스가 줄지어 설치되는 당산강변로에 꾸려진다. 판매시간은 보통 오전 11시에서 오후 2시 사이. 그 외에도 행사장 한켠에 향토음식관이 마련되어 면面별, 마을별 음식들을 선보이는데, 값이 만만한데 품질이 훌륭하다. 다른 어디서도 맛볼 수 없는 무주 고유의 음식들이다. 또한, 축제 장마당에서 특산물을 판매하는데, 겨울에는 천마, 봄에는 복숭아, 여름에는 블루베리, 자두, 가을에는 사과와 호두 등이 아주 싱싱하다. 긴 유통과정을 거칠 필요가 없어 맛이 뛰어난데 값은 저렴하다. 당산강변로 주 행사장뿐 아니라 무주 반딧불 장터 내 야시장, 지남공원의 최북 미술관-김환태 문학관 옆의 행사부스에서도 특색이 고유한 지역상품들을 여럿 선보인다. 참고로 무주군청에서 운영하는 쇼핑몰(http://tour.muju.go.kr/mall)에서도 지역 농산물을 구입할 수 있으며, 택배비는 군에서 부담한다.

春·夏

시네 콰 논 sine qua non

무주산골영화제

• 무주산골영화제가 펼쳐지는 무주등나무운동장 (사진제공 : 무주산골영화제)

시네 콰 논 sine qua non

무주산골영화제

●

2013년, 무주에서 영화제를 개최하겠다고 산골영화제 집행위원회와 무주군청이 기자회견을 열었을 때 많은 사람들이 코웃음을 쳤다. 영화를 좀 안다던 외지인이나 관계자들은 꿈도 크다며 비아냥거렸고, 대다수 무주군민들까지 의아해하면서며 진위를 의심했을 정도다. 사정을 알고 보면 그런 반응이 이상하지 않은 게, 무주에서 마지막으로 영화가 상영됐던 때가 무려 36년 전이었기 때문이다. 이름도 고색창연한 '무주 문화 극장'이 폐관한 1977년 이래, 무주에는 영화관이 없었고 그리하여 주민들은 한 세대가 지나도록 영화와 거리가 먼 생활을 해왔다. 그 사이, 한국은 대기업이 주도하는 복합상영관에서 디지털 영화를 개봉하면서 인터넷망을 이용해 텔레비전에서도 동시에 상영이 가능한 기술수준을 자랑했지만, 오지의 산골마을 무주와는 관계없는 일이었다. 게다가 문제는 상영관만이 아니었다. 대도시

서울에서도 하루 다섯 번 뿐인 직행버스편(강원, 경상 등지에는 아예 없고!), 호텔이라곤 전무한 읍내의 낙후된 숙박시설, 주민 대다수가 농민에 고령자인 터라 주로 젊고 세련된 관객들이 몰리는 영화제의 이용층과는 사뭇 갈리는 취향까지 만만한 조건이란 없어 보였다. 산골영화제는 그런 가운데 출범했다. 모두가 망할 거라는 예상 속에서, 아무런 인프라도, 치러본 경험도 없이.

2019년 무주산골영화제는 제 7회차를 맞는다. 2018년 6회차에서는 27개국 77편의 영화를 선보였으며, 5일 동안 총 2만9천여명의 관객을 무주로 끌어들였다. 참고로 무주군의 총 인구수는 2만4천5백3명이다(행정안전부 2019년 현황). 무주의 인구보다 더 많은 사람들이 영화를 보러 무주에 찾아와, 등나무운동장과 덕유산 일대에서 야외 상영과 음악 공연을 즐기며 휴가를 보내고, 반딧불이와 낙화놀이 등 고유한 유산들을 즐기며 마을 깊숙한 데까지 찾아든다. 영화제가 열리는 주말이면 등나무운동장은 삼삼오오 돗자리를 깔고 앉아 프로그램을 즐기는 2030 방문객들로 시끌벅적하고, 심야상영이 이루어지는 덕유산 대집회장에는 수백 명의 영화팬들이 숨소리까지 죽여가며 숲속에서 밤새도록 화면에 빠져든다. 반딧불시장을 비롯한 읍내 곳곳에는 전에 없이 젊은이들이 야외테이블을 끼고 앉아 지역의 먹거리를 맛본다. 상영관과 행사장이 밀집되어 있는 예체문화관 부근에는 주민들이 판매용 천막을 세워 오미자나 천마, 사과와 머루 같은 특산물들을 커피나 주전부리 등에 섞어 젊은이들 입맛에 맞게 바꿔 낸다. 처음엔 하나같이 의심했지만, 지금은 무주 사람들 중에서 영화제가 필요 없다고 생각하는 사람은 거의 없다. 영화제는 대다수 농민이자 고령자인 군민들에게 몇 십 년 만에 돌아온 짜릿한 시청각적 체험이면서 그 이상으로, 젊은 세대와 조화롭게 이뤄가는 미래에의 도전이기도 하다.

영화관조차 없는 산골에서 영화축제가 어떻게 가능할까? 이 질문은 사실 2013년에 산골영화제의 실무진이 가장 골머리를 앓았을 문제였겠다. 그래서 영화제는, 기존의 흐름과는 정반대의 길을 택했다. 간편한 디지털을 포기하고 35mm 영사기를 빌렸고, 이에 맞게 고해상도 파일이 아닌 아날로그 필름을 수배했으며, 최초 상영에 집착하지 않고 이미 개봉한 작품들 가운데 흥행과 무관하게 가장 좋다고 생각하는 영화를 가렸다. 비어 있는 공공건물을 상영관으로 탈바꿈시켰으며, 때로는 마을주민들과 프로그램을 같이 궁리해 영화와 놀이를 맞물렸다. 산 속에서 공연을 열고 캠핑하며 영화도 볼 수 있도록 국립공원과 힘을 합쳤고, 휴양림에서 한밤중에 천체망원경으로 별을 관찰하며 이와 관련된 영화를 틀기도 했다. 태권도원이나 반디랜드같은 지역 명소를 해설과 함께 둘러보는 체험 코스를 짰고, 이 모든 것을 가능하게 만들기 위해 무주읍과 덕유산, 안성면, 무풍면까지 연결하는 자체 셔틀버스편을 마련하기도 했다. 그러면서도 영화는 예외 없이 선착순 무료 입장 원칙을 견지하고 있으며, 프로그램의 질적 향상을 위해 감독의 전 작품을 평론가의 비평과 함께 소개하는 〈무주 셀렉트; 동시대 시네아스트〉 같은 특별전에도 힘쓰고 있다. 영화관

덕유산 국립공원 소집회장에 모인 영화제 관객들 (사진제공 : 무주산골영화제)

조차 없었던 인구 2만의 오지마을에서 영화제를 치루는 일은
그야말로 무에서 유를 만드는 산고의 작업이었겠으나 덕분에
무주군도 시네필(Cinephile, 영화광)도 영화의 즐거움을 만끽하
는 아주 독특한 무대를 갖게 되었다. 남들처럼 대도시의 복합
상영관에서 영화제를 만나는 뻔한 경험이 아니라 사방이 툭
터진 산 속 캠핑장에서, 등꽃 만발한 운동장에서, 마을의 당
산나무 앞마당과 숲 속 빈 터에서 영화의 가능성을 타진하고
재미를 새로이 발견하는 유별난 체험을 산골영화제가 제공해
준다. 인터넷 검색창에서 산골영화제를 검색해 보면 알 수 있
는 재미난 일은, 이 영화제에 대해서 도무지 불평하는 사람이
없다는 것인데, 사실 무주란 동네가 인근 도회지와 비교할 때

교통이나 숙소, 편의, 등 모든 측면에서 불편한 데가 많은 오지 마을이라는 조건을 떠올려 보면 산골영화제가 지난 7년간 이곳에서 기울였던 노력의 양을 조금이나마 상상할 수 있을 것 같다. 또한 묘하게도 무주 산골영화제는 여성 관객층이 남성에 비해 압도적으로 많기로 이름나 있는데, 이 역시 호텔 하나 없으며 카페조차 드문 군내의 현황을 헤아려 봤을 때, 영화제 측에서 제공하는 행사 공간이 철저하게 약자친화적弱者親和的으로 구성되어 있음을 방증한다. 영화제가 열리는 6월 초순은 서울에서는 이미 한여름을 방불케 하지만, 무주에서는 밤이면 최저기온이 10도 내외로 떨어져 패딩점퍼가 필요한 초봄에 가깝다. 그러니까, 무주는 서울이나 부산, 대구나 광주와도 조금 다른 낯선 세계다. 무주산골영화제는 당신에게 영화를 보여주기보다 초록으로 가득한 본연의 세계를 일깨워주는 일종의 증강현실이기도 하다. 7년 째 영화제의 프로그램을 책임지고 있는 조지훈 프로그래머는 페이스북에 매년 일기와 편지를 올린다. 글에서 드러나는 그의 바람은 한결같다. 아무 것도 필요없으니 편하게 소풍이나 오시라고. 나머지는 우리가 준비하겠다고. 바로 밑의 꼭지는 조지훈 프로그래머가 작년에 썼던 초대장이며, 그 아래 마지막 꼭지는 산골영화제 프로그램에서 문득문득 드러나는 그만의 온유한 성정을 엿본 필자의 에피소드이기도 하다. 무주산골영화제는 이런 사람들이 만들고 있으며, 그래서 이같은 독특한 색깔을 띤다. 조만간 당신도 알게 될 테지만.

2018년 5월 27일 조지훈 프로그래머 페이스북

벌써 6회다. 6년씩이나 무주산골영화제에서 이렇게 일을 하고 있을 줄 몰랐다. 무슨 일이든 그렇겠지만, 지방에서, 그것도 인구 2만 명 정도 되는 작은 도시에서 영화제를 시작하고, 6년째 지속하다 보면, 자기 확신과 자기 의심, 이 두 단어를 매일같이 껴안지 않고 사는 건 불가능하다. 매년 영화제를 끝낼 때 마다 내년에 이 영화제가 없어진다고 해도, 스스로 이 영화제를 떠난다 해도, 이상하지 않다고 생각했다. 2014년 새 사무국장과 딱 3년만 하자고 했다. 3년을 하고도 앞이 보이지 않으면 미련 없이 접자고 했다. 그렇게 5회를 치렀고, 이제 6회가 되었다. 첫해를 생각하면 많이 나아진 셈이지만 헤쳐나가야 할 현실은 여전히 만만치 않다. 앞으로의 5년이 진짜 있을지 모르겠지만 이런 영화제 하나 정도는 한국에 있어도 괜찮지 않을까 하는 최소한의 자기 확신 속에서 앞으로의 5년을 상상하며 올해를 준비했다.

무주산골영화제의 프로그래밍 과정은 과거와 현재의 거대한 영화 라이브러리 속에서 셀렉션과 콜렉션, 나의 욕망과 관객의 욕망 사이를 서성이며 어떤 최적의 비율을 찾아내는 일이다. 6년째 같은 일을 반복하면서도 이 비율을 찾아내는 건 여전히 어려운 일이지만, 동시대 영화 미학과 한국 영화의 현재를 담아내면서도, 전체적으로는 지루하지 않고 매력적인 어떤 지도가 되길 바랐다. 너무 거창하다고 말할지도 모르지만, 작은 영화제이고, 대단한 영향력을 가진 영화제도 아니지만, 영화 선정을 하며 전체 그림을 그려나갈 때만큼은 스스로를 작게 보거나 낮추어 보는 일은 하지 않기 위해 애썼다. 그렇게 여섯 번째 프로그램을 마무리 했다.

올해에도 마지막까지 깊은 고민을 해야 했다. 매년 극장 개봉 해외영화와 디지털 개봉작(IPTV 직행작)이 증가하고 있는 상황에서, 훌륭한 영화인데도 소리 소문 없이 사라지는 영화들이 너무 많았다. 한국영화 역시 많은 스크린을 확보할 수 있는 상업영화를 제외하면, 극장 개봉을 해도, 주목받는 독립영화라 해도, 개봉을 했는지조차 알 수 없는 구조 속에서 몇 주 간의 상영 후 속절없이 극장에서 내려와야 하는 한국독립영화의 상황에 자꾸 맘이 쓰였다. 거기다가 딱히 우열을 가리기 어려운 예닐곱 편의 작품 때문에 막판까지 고심에 고심을 거듭해야 했다. 물론, 무주산골영화제에서 상영 한 번 한다고 그 영화에게 특별한 도움이 될 리 없겠지만, 그래도 가능하다면, 비슷하게 좋은 영화라면, 되도록 다양한 국가의 영화, 되도록 시장에서 주목받지 못한 영화들에게 더 기회를 주고 싶었다.

무주산골영화제의 프로그램은 기본적으로 무주를 찾을 관객을 위한 것이지만, 어떤 의미에선 오랫동안 영화를 보며 먹고 살아온 이상한 직업을 가진 어떤 사람이, 영화를 좋아하지만 시간도 여유도 없는 분들께 1년에 한 번씩 보내는 추천작 목록 정도로 생각해 주어도 좋을 것 같다. 그러니까 혹시라도 영화제 기간 무주를 방문할 시간이 없는 분들은 나중에라도 이 영화들을 기억해두었다가 가끔씩 찾아보면 좋지 않을까 싶다.

이 작은 영화제가 어떤 의미를 가져야 하는지 동료들과 끊임없이 고민해왔다. 그 의미를 찾을 수 없다면, 그 의미를 관객과 소통할 수 없다면, 언제든 사라져도 상관없다고 생각한다. 그리고 다른 어떤 외부의 힘 때문에 그 의미가 퇴색되어야 한다면 영화제를 할 돈으로 차라리 다른 문화행사를 하는 것이 낫다고 믿는다. 이것이 내가 내 동료들과 함께 기꺼이 며칠씩 밤을 세어가며 수 백편의 영화를 보고, 일하는 이유이고, 내 동료들도 나와 같은 생각일거라 믿는다.

그러나 이런 복잡하고 진지한 생각을 하는 것은 일하는 사람들의 몫이고, 영화제를 즐기는 것은 무주를 찾을 영화인 여러분과 관객 여러분의 몫이다. 영화제는 영화를 보면서 노는 축제다. 그 중에서 무주산골영화제는 초록빛 자연 속에서 영화와 함께 느릿느릿 놀자고 만든 영화제다. 산골 무주는 늘 아름다운 소도시이지만, 이곳에 영화가 도착하면 무주는 평소와는 다른 풍경을 보여준다. '소란스럽지 않은 생동감', 위원장님의 말이지만 영화와 무주가 만나 만들어내는 풍경을 표현한 말 중에 이보다 적당한 표현은 아직 보질 못했다.

2018년 6월 21일부터 5일간, 여섯 번째 보물 지도 속에 숨어있는 보석 같은 영화들을 찾아 산골 무주 곳곳을 사부작사부작 거닐며,

소란스럽지 않은 생동감을 함께 만들어낼 세상의 모든 영화 산책자들을 기쁜 마음으로 초대한다.

●

지난주 모 처에서 만난 J는 10년 넘게 한우물만 판 사람이었다. 마치 입지전적이라고 해도 좋을 그의 이력은 놀라워서, 가장 낮은 자리에서 가장 빛나는 자리까지 그는 한 번도 미끄러지지 않고 차곡차곡 단계를 밟아왔다. J의 이력의 가장 감탄할만한 점은 그가 빠르게 날아올랐다는 데 있는 게 아니라 성공의 계단을 스스로 빚어왔다는 데 있다. 기본적으로 꼼꼼하고 섬세한데다 일에 대한 아주 깊은 애정, 거기에 감탄할 정도의 성실성과 몸에 밴 듯한 겸손함, 추진력과 끈기까지 더해 그는 매번 자기가 차지한 자리보다 훨씬 큰 사람이라는 평가를 받았다. 소박하면서 또한 야심가였던 그가 만든 축제는 꼭 그를 닮아서, 가장 국제적이면서 또한 가장 동네적이라는 찬사를 얻었는데, 그럴 때 그는 언제나 '가장 동네적'이라는 부분에서 가장 큰 만족감을 얻는다고 고백하곤 했다. 축제가 잘 진행될 때 그의 표정도 환했고, 축제가 어려움을 겪을 때 그의 얼굴도 어두웠다. 축제 없이 그의 삶을 해석할 수 없었다. 그가 곧 축제였다.

삶이 순리대로만 풀려간다면 얼마나 좋겠는가. 별안간 그는 제 삶을 찢긴다. 잘못은커녕 실수 하나 없이 십 년 넘게 이뤄온 축제에서 쫓겨나고 만 것이다. 그는 그만두는 마지막 날까지 감정을 드러내지는 않았으나, 절망은 그의 삶에 짙고 컴컴하게 드리웠다. 그는 고통에 당혹했으나 함몰되는 것만은 간신 피한 채, 스스로를 북돋아 새로운

무주산골영화제가 열리는 무주등나무운동장 전경
(사진제공 : 무주산골영화제)

지역에서 새로운 축제를 만들었다. 다른 지역에서 벌이는 행사에도 도움을 아끼지 않아, 그가 손댄 것들은 마이더스의 그것처럼 하나같이 빛났다. 현대예술은커녕 버스편도 드문 마을에서 모두가 긴가민가한 가운데 하나의 깃발을 세웠고, 매년 색다른 컨셉과 탁월한 기획을 더해 그 깃발을 해당 지역과 떼어놓을 수 없는 축제로 자리매김하는 데 성공했다. 그렇게 되기까지 그가 쏟은 땀과 눈물이란 그저 체액일 뿐이라고는 도저히 말할 수 없는 정도의 양이었다. 그는 철인같았다.

그런 J와 아주 가끔, 1년에 한 번 또는 2년에 한 번 정도 술자리를 갖는다. 자랑하고 으스대도 밉지 않을 것 같은데 그는 그때마다 아주 솔직하게 내면을 비추곤 한다. 이번에 그가 한 이야기는 정말 끔찍하고 지독한 것이었다. 나는 그의 잔에 술을 따라주는 것도 잊고, 그저 그가 털어놓는 이야기를 빨려가듯이

들었다. 듣고 있는 동안 먹먹해져서 약을 먹듯이 술잔을 털어 삼켰다. 아픈 이야기는 듣는 사람도 아프게 만든다. 우리는 사실 고통 앞에서 아무 것도 할 수 없지만, 묵묵히 고통을 경청하는 일이 당사자에게 자기 치유의 과정이 되어주었으면 하고 기원하게 된다. 아무쪼록, 부디, 마침내 말이다.

J는 축제에서 쫓겨나고 한동안은 아무 것도 할 수 없었다 한다. 책을 읽지도 않았고, 영화를 보지도 못했으며, 심지어 시내조차 나가지 못했다. 간신히 기운을 내, 처음부터 다시 시작하겠다고 결심해서 실제로 일을 벌인 후에도, 그는 내면적으로는 여전히 절망과 혼곤한 싸움을 계속하고 있었다. 다 끝난 일이라고, 다시 돌이킬 수 없다고 안팎의 상황이 확정된 다음에도, 그는 아무것도 잊을 수 없었다고 한다. 그러면서 그는 전과 같은 명랑한 얼굴로 새로운 판에서 새로운 사람들과 새로운 기획을 추동해 갔다. 진심과 헌신은 여전히 유효한 것이어서 그가 만든 행사들이 대내외적으로 찬사를 받으며 인정받은 뒤에도 그는 아직도 마음 한가운데에서 '그 축제'를 밀어놓을 수 없었다 한다. 왜냐고 물어볼 필요조차 없었다. 그게 그의 삶 전부였으니까. 청춘과 청춘 이후까지 모두 바쳤던.

제일 무서운 게 뭔지 알아요? J는 언제부턴가 내 얼굴을 쳐다보지도 않고 물었다. 나는 고개를 저었다. 그는 천천히 입술을 열었다. 아침에 차를 몰고 출근하는데요, 새 사무실, 그러니까 새로 축제를 만들고 진행하는 3년째 된 사무실로 출근하는데, 조금만 긴장을 놓고 있으면 내가 옛 사무실로 가고 있다는 거예요. 옛 사무실 앞 5거리에서 신호를 기다리다 소스라치게 놀란다는 거죠. 미쳤구나. 완전히 미쳤군. 그걸 매달 몇 번 씩이나 반복하게 돼요. 그런 일이 있을 때마다 엄청나게 자책하는데도 습관이 도무지 고쳐지질 않아요. 한심한 짓인데, 왜 바뀌질 않는지 모르겠어요.

왜 그랬겠는가. 그때 이야기는 나 혼자 듣고 있었지만, 다른 이들이 함께 들었어도 이유는 모두 알 수 있었을 것이다. 잊을 수 없어서, 사랑해서. 고착은 우리가 할 수 있었으나 하지 못했던 순간들, 혹은 해서는 안 됐으나 끝내 하고 말았던 순간들에 다시 한 번 생을 허락하고 싶어하는 욕망에서 비롯된다. 그때 우주는 평행으로 분할돼서, 우리는 모든 경우의 수를 새롭게 또 낱낱이 진행해 볼 수 있다. 다만 머릿속에서. 애정이 깊을수록, 고통이 심할수록, 고착은 그에 비례해 끈질기게 다른 가정을 수백 번 재연한다. 그가 삶을 바친 사랑은 뜻밖의 결별로 끝났다. 그러나 그는 강한 사람이어서, 아니, 삶을 강하게 만들고 싶은 사람이어서 그 결별로 이력을, 인생을, 사랑을 끝내지는 않았다. 그 결별의 고통과 절망까지를 포함해 다시 삶을 일궜다. 그리고 그렇게 다시 일군 삶도 성공적이었다.

그러나 사랑의 기억은, 아주 오래 남는구나. 저토록 끈질기게. 3년이 지난 지금도 그를 옛 신호등 앞에 매번 서 있게 할 만큼.

그렇게 사랑한 사람을 거기서 오래도록 살게하는구나. 때로는 기쁨으로 때로는 그리움으로 또 어떨 때는 깊고 혹독한 후회로.

그 이야기 속에서 나는 그가 얼마나 결이 고운 사람인지를 알게 됐다. 아울러, 한결같은 애정은 사람을 저도 모르게 아름다운 빛으로 물들인다는 것도. 그의 실패담은 뺨을 붉혔으나 그 홍조는 이상할 정도로 고운 색으로 비췄다. 어느새 그가 마흔이 넘은 중년이라는 점을 간과하지 않고서도.

그와 헤어지고 돌아오면서 잠깐 생각했다. 나는 아직 고통에 관해, 아무것도 알지 못하고 있는 건지도 모른다고. 그렇지만 사랑에 관해서는 한 가지를 더 알게 된 것도 같다. 설령 실패했더라도, 그건 추한 게 아니라는 점을. 아니 오히려, 실패를 통해 찬란히 빛나는 사랑 혹은 사람도 있는 법이더라고.

●

라틴어 '시네 콰 논 sine qua non'은 라틴어로서 필요불가결한 것을 뜻한다. 어느새 무주의 한 부분이 된 산골영화제처럼.

① 무주산골영화제는 매번 6월 초순 전후에 무주군 일대에서 열린다. 주요 프로그램으로는 한국 독립 영화로 우리가 사는 다채로운 세상을 새로운 시선으로 포착하는 섹션인 창(窓), 다양한 주제를 국내외 독창적인 시선으로 표현하는 섹션인 판(場), 누구나 즐길 수 있는 고전영화와 최신 한국 영화, 공연 이벤트가 진행되는 야외 상영 섹션인 락(樂), 가족과 연인 단위의 캠핑족을 위한 숲속 극장 섹션인 숲(林), 무주 군민과 함께 하는 '찾아가는 영화관' 섹션인 길(路) 등이 있다. 특별 교통편과 숙소 할인 등 산골영화제 관객들을 위한 혜택을 제공하고 있으니 미리미리 홈페이지에 들어가보시라. 문의는 063-220-8252, http://www.mjff.or.kr

아무 것도 필요없으니 편하게 소풍이나 오시라고.

나머지는 우리가 준비하겠다고.

冬

놀자, 시간이 없다

초리 꽁꽁놀이 축제

놀자, 시간이 없다

초리 꽁꽁놀이 축제

노랗게 노랗게 물들었네, 빨갛게 빨갛게 물들었네, 파랗게 파랗게 높은 하늘, 가을 길은 고운 길! 서울의 초등학교에서 창밖으로 붉어진 단풍을 보며 선생님들이 아이들에게 이 노래(김규환 작사 작곡 '가을 길')를 가르쳐 주고 있을 10월 하순 즈음이면, 무주의 초등학교에서는 다른 노래가 울려 퍼진다. 송이송이 눈꽃송이 하얀 꽃송이, 하늘에서 내려오는 하얀 꽃송이, 나무에도 들판에도 동구 밖에도, 골고루 나부끼네 아름다워라!(서덕출 작사, 박재훈 작곡 '눈꽃 송이')

산골의 겨울은 길다. 일 년에 다섯 달이 혹한이다. 추위는 서둘러 와서, 오래 머물고, 있는 대로 늑장을 부리다 4월 가까이 되어서야 떠난다. 징글징글하다. 그것뿐인가? 눈도 엄청나다. 하루 종일 퍼붓고, 더러는 며칠씩 쉬지 않고 쏟아지며, 왕왕 허벅지까지 쌓인다. 무주의 시골집 마루 밑마다 식구들 숫자만큼 장화가 숨겨져 있는 것은 이 때문이다. 심심한 여름날이면 애먼 강아지

허구헌날 장화 끝을 물어뜯고 사느라 성한 놈은 없지만서도.

도시의 겨울은 집 안에만 갇혀 있기 일쑤지만, 촌은 그렇지 않다. 산천은 놀 꺼리로 가득하다. 꽁꽁 언 강에서는 얼음낚시도 할 수 있고, 빈 논에서는 썰매를 지친다. 골목에서는 눈싸움하고, 산등성이에선 토끼 사냥을 내달린다.

밤이면 아랫목에 동그마니 이불 덮고 둘러앉아 화로에다 고구마를 구워먹거나 처마에 걸어둔 곶감을 빼먹으며 수다를 떤다. 그렇게 아늑하고 아기자기한 밤이면 저 멀리서 새 소리가 들렸는데. 부엉 부엉새가 우는 밤, 부엉 춥다고서 우는데, 우리들은 할머니 곁에 모두 옹기종기 앉아서, 옛날이야기를 듣지요!(박경종 작사 독일 민요 '겨울 밤')

그러나 동요 속에 나오는 시골은 더 이상 없다. 촌에는 노인들만 가득하고, 아이들은 학교와 친구를 찾아, 부모들은 직장과 대형마트를 찾아 마을을 등지고 아파트로 떠나버렸다. 그래서 버려진 지방은 갈수록 더 낡아빠진다. 이것이 현재 진행중인 도시 양극화 또는 대다수 중소도시가 처한 소멸의 운명일 게다.

하지만 초리마을 주민들은 운명이라고, 어쩔 수 없다고 체념

하지 않았다. 그들은 비록 늙었지만 자신이 할 수 있는 일은 했다. 과거를 반추해 정직하게 스스로를 돌이켜 봤고, 자신들이 가진 것 중에 나눌 수 있는 바가 있는지 고민했다. 그리고 알게 됐다. 그들이 보유한 자산 가운데 가장 넉넉하며, 누군가에게 수북이 퍼주고도 고스란히 남는 재산이 하나 있다는 걸. 그것은 '추억'이었다. 나이를 먹을수록 사람은 밥심이 아니라 추억의 힘으로 살아가는 법이니까. 대단한 기술 없이도 행복하게 노닐었던 유년의 기억. 그리하여 지자체나 국가의 도움 없이도 자신들의 이상세계를 현실에 구현했다. 그것도 당신들이 평생 지키고 살아온 터전에다가. 그 결과물이 바로 매년 겨울마다 초리마을이 개최하는 '초리 꽁꽁 놀이 축제'다.

해가 가장 짧아지는 동짓날 무렵부터 봄방학 무렵인 2월 중순까지 두 달 가량 가장 추운 시절에 열리는 이 축제에는 새로운 건 하나도 없다. 얼음판 위에서 팽이치기, 얼기설기 손으로 만든 썰매 타기, 화톳불에 군밤 굽기, 돌아가며 제기차기, 가족대항 윷놀이에 앞개울인 상곡천 바람따라 연날리기까지⋯⋯. 그나마 신  형 어트랙션이라고는 공중으로 와이어를 타고 이 끝에서 저 끝까지 날아가는 짚트랙Ziptrek 정도일 텐데, 요새 이 정도론 어디

가서 명함도 못 내미는 시대니까.

그런데 말이지, 신기하고 놀라운 것은 이 뻔하고 케케묵은 놀이로만 가득 찬 축제장이 매일매일 웃음소리로 넘쳐난다는 사실이다. 아이들은 스마트폰 없이도 얼음 위를 가로지르며 신이 나서 깔깔대고, 부모들 역시 고릿적 놀음에 흠뻑 빠져 화장실 가는 것도 잊어버린다. 외딴 산골에는 도무지 찾아올 것 같지 않은 붉은 피부, 검은 피부의 외국인들도 생전 처음 보는 한국식 겨울 오락에 순식간에 빠져든다. 입장료도 없고, 이용료도 헐값인 이 초리축제의 만족도는 대기업이 운영하는 XX월드, OO랜드에 전혀 뒤지지 않는다.

초리初里란 마을명은 한자 그대로 첫 마을을 뜻한다. 동네가 위치한 상곡裳谷 골짜기에 맨 처음 생긴 마을, 혹은 상곡면에 들어섰을 때 제일 먼저 만나는 마을이라는 의미다. 또, 칡이 많이 나서 오랫동안 그걸로 부수입을 벌었기에 초리넝쿨마을로 불리기도 한다

그러나 내가 보기에 초리마을, 첫 마을이란 이름은 주민들이 갸륵한 초심을 그대로 간직하고 있기에 붙여진 것 같다. 어설프게 외국 흉내를 내거나, 이곳저곳에서 다하는 뻔한 행사를 베껴서 대충 시늉만 해서 들이미는 그런 축제가 얼마나 많은가. 초리마을은 얄짤없다. 그들은 제가 살아온 바를 믿는다. 자신이 경험했던 즐거움을 있는 그대로 정직하게 전하고자 한다. 그 단순함과 한결같음이 아이들을 이토록 방싯거리게 만드는 행복의 진짜 알맹이가 아닐까.

세상이 쌩쌩 돌아가고 사람들은 점점 더 긴밀하게 얽히는데도 살아가는 모습은 점점 더 부박해진다. 유사 이래 인간은 가장 적게 노동하며 최고의 풍요를 누리고 있다면서도 주변에는 무기력하고 우울한 사람들로 가득하다. 이제 우리는 회사에 안달하거나 부동산에 올인하기보다는 온 마음을 바쳐 제대로 놀며 자신을 되찾는 일에 몰두해야 할 때가 아닐까.

초리축제장에서 틀어놓은 동요에 아이들은 입을 모아 합창했다. 누가 시킨 것도 아닌데.

바람 불어도 괜찮아요 괜찮아요 괜찮아요,
쌩쌩 불어도 괜찮아요 난난난 나는 괜찮아요,
털오버 때문도 아니죠 털장갑 때문도 아니죠,
씩씩하니깐 괜찮아요 난난난 나는 괜찮아요!
(김성균 작사 작곡 '괜찮아요')

씩씩하고 용감하고 튼튼하면 괜찮다는 아이들, 그거면 충분하다는 아이들이 맘껏 웃으며 뛰어다니는 초리마을에서 나도 어느새 행복해졌다. 겨울이라 갈 데가 없다며 방구석에서 화면만 쳐다보는 당신, 매일의 걱정과 근심으로 어깨가 팍 늘어져버린 당신 지금 당장 무주로 오시라. 아이들과 어르신들이 함께 만든 이 꽁꽁 언 천국으로. 여기서 같이,

놀자, 시간이 없다.

그 단순함과 한결같음이 아이들을 이토록
방긋거리게 만드는 행복의 진짜 알맹이가 아닐까.

① 초리 꽁꽁 놀이 축제는 초리마을 복지회관 앞 벌판, 새 주소로는 전북 무주군 적상면 초리길1(적상면 북창리 290)에서 매년 겨울 펼쳐진다. 2018~2019 시즌에 치러진 2회차는 2018년 12월 22일에 시작해서 2019년 2월 10일까지 열렸다. 무주공용버스터미널에서 당산리 마을 방향으로 가는 군내버스를 타고 10여분 후에 외창정류장에 내려 버스 진행방향으로 1km 쯤 걸어가면 떠들썩한 축제장이 나온다. 그렇지만 아무래도 자동차로 가는 편을 추천한다. 택시로는 약 7~8천원 거리. 연락처는 사무장님 010-9349-3699, 이장님 010-3566-0657, 홈페이지는 blog.naver.com/mujuchori

② 지역에서 주민들이 직접 만든 축제라 이용료나 먹거리가 아주 저렴하고 실속이 높다. 1인용 얼음썰매 이용료가 3천원, 2인용은 4천원, 와이어 줄타기는 1회 5천원, 기차놀이가 2천원, 날리고 나서 집에 가져갈 수 있는 연鳶 놀이가 6천원. 군밤구이 3천원, 행사장 내에는 주민들이 운영하는 식당과 카페도 있는데, 이 역시 헐값이다.

❸ 초리마을 내 숙박시설로 황토펜션 3개 동이 있고 연락처는 위와 같다. 무주 읍
내와 가까우므로 식사와 숙박을 그쪽에서 해도 좋겠다. 무주읍내 숙박과 식당
안내는 반딧불축제 편을 참고할 것.

❹ 축제 놀이 가운데 '맨손으로 송어 잡기'가 있다. 인공 풀장에 살아있는 물고기
를 풀어놓고, 이용자가 들어가 그걸 잡아서 회를 떠먹거나 매운탕을 끓여먹는
식이다. 다른 건 모르겠는데, 이런 동물학대적인 행사까지 해야 하는지 아쉬움
이 있다. 꼭 필요하지도 않는데 살아있는 동물들을 사냥해 죽이는 일이 '놀이'
는 아니므로. 2020년부터는 개선되기를 바란다.

❺ 참고로 초리마을은 무주군이 주관하는 2018년 공동체 마을 시상식에서 최우
수상을 받기도 했다. 무주군은 이밖에도 '마을로 가는 축제'를 여러 동네에서 4
계절 개최하고 있다. 정보는 무주군청 홈페이지나 http://www.mujumaeul.
org 에서 찾아보시라.

秋

빨강 치마 주름 아래

서창마을, 서창갤러리카페, 적상산,
적상산성, 적상산사고, 안국사

무주호의 물안개에 휩싸인 적상산의 가을 (사진제공 : 무주군청)

빨강 치마 주름 아래

서창마을, 서창갤러리카페, 적상산, 적상산성, 적상산사고, 안국사

2018년 5월 5일 토요일, 적상산 들머리 서창마을은 새벽부터 어수선했다. 오백년 묵은 당산나무 밑으로는 무대복을 갖춰 입은 남녀가 바이올린과 플롯을 든 채 서성거렸고, 건축가 정기용씨가 설계했다는 서창갤러리카페(예전에는 향토박물관)의 앞마당에는 간이 무대와 녹색 카펫, 플라스틱 의자가 주르르 깔렸다. 카페와 당산나무 사이에는 깔끔한 노점이 연이어 펼쳐졌으며, 주민들은 분주하게 오가며 먹거리를 준비한다, 산나물을 포장한다, 대형 얼음조각을 옮긴다, 체험 부스를 만든다, 수제 쿠키를 굽는다 그야말로 왁자지껄했다. 봄맞이 축제가 열리나 보네. 적상산을 등반할 요량으로 서둘러 온 참이었는데, 단골 식당은 그날따라 휴일이었다. 이상하다. 그런 적이 없었는데. 심지어 마을 축제가 있는 날인데. 다른 식당은 일찌감치 영업을 시작했던데. 온 김에 이거나 보고 산에 가야지 싶어 동네 어귀에 앉아 야단법석을 구경하고 있었다. 저쪽에는 벼룩시장이 깔렸고, 이쪽에는

간이 전시회가 마련되었다. 아침을 못 먹어 꼬르륵 아우성치는 배를 주무르며 두리번거리는데, 양복을 차려입은 누군가가 자신이 적상면 면장이라 소개하며 무대로 나섰다. 구경꾼들을 의자에 앉힌 후 축제를 개막한다고 선포했을 때, 연주자들은 익숙한 곡조를 켜기 시작했다. 딴 딴따단, 딴 딴따단. 신부 입장곡으로 잘 알려진 바그너의 '혼례의 합창'이었다. 이건 뭐지, 싶어 황급히 무대 쪽으로 뛰어나갔는데, 턱시도를 입은 머리가 하얗게 센 남자와 웨딩드레스에 티아라(tiara, 왕관형 머리장식)까지 완비한 여자가 수줍은 듯 고개를 숙인 채 손을 꼭 잡고 무대로 걸어나오고 있었다. 동화 속 한 장면 같은 숲속마을의 야외 결혼식이었다. 주례를 겸한 면장이 혼인이 성사되었다고 공표했고, 곧바로 멘델스존의 '축혼행진곡'(신랑신부 퇴장곡)이 울려퍼지는 즈음, 신부와 함께 돌아나오던 신랑은 그제야 얼굴을 들고 상기된 미소로 하례객들의 열띤 박수에 일일이 답례했다. 그제야 나는 알았다, 단골식당이 그 날 문을 닫은 이유를. 신부 조순이(65), 신랑 김선배(71). 그 날은 '선배식당'의 주인 내외가 혼인신고 후 42년 만에 결혼식을 올린 하루였다. 순두부백반으로 유명한 선배식당은 개업 이래 처음으로 주말 내내 문을 닫았다. 신혼여행도 가야했으니까. 뒤늦은 혼인식을 지켜본 이래 다른 몇 가지도 알게 된 것 같다. 우리의 삶 가운데 어떤 일들은 축제이며, 그 축제로 다른 이들을 행복하게 만들 수 있다는 점을. 축제를 위한 축제가 아니라 생활로부터 피어난 축제가 더 뜻깊고 재미난다는 점도.

서창西倉이란 지명이 암시하듯이, 이 동네는 창고가 있던 마을이다. 여기에서 창고란 농촌에서 흔한 곡식 저장고를 의미하는 게 아니라 군량軍糧 창고를 뜻하는데, 이는 해당 지역이 군사적 요충지에 해당함을 일러준다. 서창 마을에서 산길로 장도將刀바위(고려 말 최영 장군이 칼을 내리쳐 바위 사이에 길을 냈다는 설화가 있다), 안국사를 거쳐 남쪽으로 내려오면 삼베로 유명한 치목致木 마을이고, '백두대간 마실길'(무주군 지정)을 통해 임도林道를 따라 북상하면 적상산 바로 아래

내창內倉마을에 이른다. 내창마을에서 꼬불꼬불 이어진 산길을 따라 더 올라가면 적상호赤裳湖가 나오고, 바로 그 위쪽이 조선왕조실록을 보관한 적상산사고赤裳山史庫이며, 한걸음 더 내쳐 올라가면 안국사安國寺다.

서창마을이 지금처럼 무주읍내와 도로로 연결되어 있지 않았을 때 사람들은 재를 넘어 내창마을을 지나 읍내로 내려왔으며, 안성면이나 구천동으로 가기 위해서는 안국사를 넘어 치목마을을 거쳐 내려오는 길을 이용해야 했다. 이 양쪽 길이 『신증동국여지승람(新增東國輿地勝覽. 1530년 간행)』에도 적혀 있는 근대 이전까지 적상산에 오르는 유이한 통로였다("겨우 두 줄기 길로 오를 수 있을뿐" 앞의 책).

175

물론 지금은 적상산에 이르는 자동차도로가 말끔하게 정비되어 있어서 사고史庫와 안국사까지 수월하게 갈 수 있는데, 이는 산정호수인 적상호가 양수발전揚水發電용 댐으로 조성된 까닭이다. 산 아래쪽에 조성된 무주호와 연동하여 전기를 생산하는데, 이를 건설하기 위해 산 중턱에 뚫은 터널이 지금은 머루와인동굴로 쓰이고 있기도 하다.

덕유산과 어깨를 맞대고 있는 동생 격인 적상산(赤裳山 1,034m)은 험준하고 가파른 지형 때문에 예로부터 전란의 피난처 겸 요새로 쓰였으며, 정상을 에워싸고 있는 적상산성은 그 뚜렷한 흔적이라 할 수 있겠다. 산세 덕을 본 것인지 전투가 벌어졌다는 문헌은 없고, 이곳은 오직 기록물과 연관해 역사에 남았으니 그 핵심이 바로 적상산사고赤裳山史庫다.

적상산성(赤裳山城, 사적 제 146호) 안에 자리한 적상산사고는 사연이 깊다. 임진왜란과 병자호란을 거치면서 실록의 안전한 보관이 화급한 문제가 되고 이에 따라 강화도, 묘향산, 태백산, 오대산으로 기존 사고를 옮기고 확충하였으나 중국 후금의 세력이 커지면서 국경과 가까웠던 묘향산사고를 적상산으로 이치移置해 대신하게 된다. 왕조실록뿐 아니라 선원록(璿源錄, 왕실의 족보)을 관리하기 위해 여러 시설을 두었는데, 1612년 실록의 보관소인 실록전實錄殿을 세운 것을 시작으로, 선원각璿源閣, 군기고軍器庫, 이를 수호하는 사찰인 호국사護國寺까지 창건하면서 체계적으로 운용된 바 있다. 20세기 들어 조선의 멸망과 일제강

점기, 6·25 전쟁을 거치면서 대개의 전각은 허물어지고 불타고 유실되었으나 산성과 사고터, 안국사安國寺만은 끈덕지게 살아남아 지금껏 그 긴 내력을 지키고 서 있다. 그러니까 적상산은 한반도 이남의 망국사亡國史가 슬픈 후광으로 드리워진 산이다. 인파로 북적이는 단풍철 말고도 적상산을 찾아올 이유다.

하지만 지금의 적상산은 결고운 단풍빛으로 명성을 사방에 떨치고 있는 지역 명소다. 실제로 10월 하순경이면 안국사로 올라가는 길은 단풍나무와 은행나무가 교대로 펼쳐지면서 붉고 노란 카펫을 깔아주는 맛이 각별한 데가 있다. 덕분에 가을날의 이 길은 자동차와 관광버스가 꼬리를 물고 거북이걸음을 거듭하는 상습 지체 구역이 된다. 불타는 듯한 이 산의 가을빛이 여인네들의 빨강 치마赤裳같아서 이름지어졌다는 속설이 있지만 실은 맹수의 송곳니처럼 보이는 가파르고 우람한 절벽의 생김새에서 유래된 지명이다("곧추선 바위절벽이 층층이 험하게 깎여서 마치 붉은 치마를 걸친 것 같아", 『동국여지승람東國輿地勝覽』, 「무주편」). 머루와인동굴, 적상호, 전망대, 적상산사고, 안국사로 이어지는 꼬불꼬불한 산복도로가 새파란 천공 아래 울긋불긋한 추월색으로 온통 물들 때, 적상산은 이 세상에 속하지 않은 이세계異世界 같기도 하고, 반대로 이 세계가 작정하고 화장하면 이렇게까지 변하는구나 싶은 현실의 극점처럼 보이기도 한다. 덧붙이자면 이 아름다운 산빛은 우리가 손대서 이루어진 게 아니라 험준한 산세 탓에 개발과 멀어지면서 남겨진 유산이라는 사실도 기억해 주었으면 한다.

첫 눈이 내린 적상산 풍광 (사진제공 : 무주군청)

• 적상산사고와 함께 내다보는 적상호 (사진제공 : 무주군청)

서창탐방로의 단풍 터널

적상산이 빨강 치마를 활짝 펼치는 가장 어여쁜 계절 가을
에 그 진수를 남김없이 맛보고 싶다면, 다시 이야기의 맨 앞으
로 돌아가는 편이 좋겠다. 적상산 들머리 서창마을이 그 천국
의 입구인 까닭이다. 적상산 서창코스의 출발점이기도 한 서창
마을은 등산객들에게는 '순두부 마을'로 이름나 있기도 하다. 지
역의 네 곳 순두부식당은 저마다 맛이 다르지만 하나같이 수
준 이상의 솜씨를 자랑하므로 거기서 식사하고 마실 삼아 적상
산에 오르면 자동차로는 경험할 수 없는 오종종한 단풍 터널을
누릴 수 있다. 꼭 장도바위나 적상산성 서문, 안국사까지 올라
가지 않아도 좋고, 등산로 근처에서만 깔짝거리며 산보해도 충분
히, 정말 충분히 즐거울 것이라 장담한다. 필자는 이 길을 '색종

이로 만든 숲'이라고 따로 부르는데, 단풍터널 속을 걷고 있자면
왜 그렇게 호명했는지 당신도 알게 될 것이다.

무엇보다 서창마을을 통해 적상산에 오르는 즐거움은, 이
경로가 인간의 마을을 지나 가파른 벼랑길을 넘어 신의 땅(山)
에 이르는 전형적인 단계를 밟아야 하기 때문이기도 한데, 이는
서창마을의 아기자기한 분위기와 날카롭게 우뚝 선 적상산의
호연한 풍광을 아울러 즐길 수 있는 까닭만은 아니다. 편의점은
커녕 슈퍼 하나 없는 작은 동네 서창은 이웃끼리 깊이 어울리면
서 사소한 불편을 나눔과 사귐으로 극복했는데, 이는 서창에만
국한되지 않는 두메산골의 습성이며 생존양식이기도 하다. 그리
하여 서창과 내창, 치목마을은 물론 안국사까지도 도시와는 다
르게 깊이 열려 있고 또 넓게 관계맺고 있는데, 때로 그런 풍경
은 애초에 자연(혹은 신神)이 생명에게 부여한 자유이자 의무처
럼 보인다. 우리는 잊어버렸지만 말이다.

선배식당 김선배, 조순이 부부의 허니문honeymoon을 다시
한번 축하드린다. 부조금은 이후로도 줄기차게 선배식당을 찾는
걸로 대신할 터이니 양해를 구한다. 소소하지만 웅숭깊은 동네
마다의 잔치가 지금처럼 앞으로도 무주 곳곳에서 폭죽처럼 연
달아 피어났으면 좋겠다.

빨강 치마 주름 아래에서 다르게 사는 행복, 또는 '오래된 미
래'를 훔쳐보고 싶다면 적상산엘 오시라. 꼭 오시라. 두 번 오시라.

저리도록 고운 단풍철의 적상산길 (사진제공 : 무주군청)

① 선배식당은 무주군 적상면 서창로 105(적상면 사천리 172)에 자리잡고 있다. 서창마을에는 이곳 외에도 앞서거니 뒤서거니한 위치에 순두부집들이 세 곳 더 있다. 마을 입구의 아름마을순두부(063-324-6140), 그 뒤쪽에 서창순두부(063-324-0130), 선배식당 너머 등산로 초입에 산촌순두부(063-324-1585)가 있다. 메뉴는 다 비슷비슷해서 순두부백반, 모두부, 토종닭볶음탕 등을 파는데, 맛은 조금씩 다르지만 전부 수준 이상이다. 직접 재배한 콩으로 두부까지 손수 만들고 동네에서 기른 닭을 쓴다. 안심하고 이용해도 좋다. 참고로 무주산골영화제 조지훈 프로그래머는 아름마을순두부가 '인생 맛집' 이었다는 후문.

② 서창갤러리카페는 건축가 故 정기용씨가 지은 향토박물관(2002년 완공)이었으나 운영상의 문제로 2008년에 관광안내센터로 변모하였고, 다시 2012년부터 민간임대로 문화예술 프로그램을 진행하는 갤러리 겸 카페로 운영되고 있다. 음료를 마시지 않아도 안팎을 구경할 수 있으니 정기용 건축의 특이한 점들을 찾아보길 권한다. 문의는 063-324-3633

가을날 적상산의 한 때 (사진제공 : 무주군청)

❸ 서창마을 당산나무와 갤러리카페를 지나 조금만 올라가면 임진왜란 때 명성을 떨친 의병장 장지현(張智賢, 1536~1593)의 묘가 있다. 앞터에는 묘지를 지키는 소나무 한 그루가 서 있는데, 그 위세가 평범하지 않아 장군송(將軍松)으로 불리기도 한다. 묘터에서 마을을 내다보는 맛이 시원하다. 또, 무주군 안성면에 지리한 죽계서원에서 장지현 장군을 배향하고 있기도 하다.

❹ 머루와인동굴(무주군 적상면 산성로 359, 적상면 북창리 산 119-5, 063-322-4720)은 무주군청이 직영하는 머루와인 체험 및 구입 장소로 시음과 족욕 등이 가능해 사시사철 방문객이 끊이지 않는다. 입장료(성인 2천원)를 내면 시음이 가능하고, 체험료(성인 3천원)를 지불하면 와인 족욕도 할 수 있다. 개인적으로는 시음이나 족욕보다 동굴 특유의 깊고 서늘하며 신비로운 정서가 근사했다. 참고로 무주는 연간 400여 톤의 머루를 생산하는 특산지다. 달달한 와인 말고, 드라이한 와인이 괜찮은 편이니 구입하겠다면 그쪽을 추천한다.

❺ 적상산사고와 안국사(무주군 적상면 산성로 1050, 적상면 괴목리 산 184-1, 063-322-6162), 적상산성은 승용차나 택시를 이용해 한번에 둘러볼 수 있다.

현재의 적상산사고는 양수발전을 위한 적상호를 만들면서 원래 있던 자리(무주군 적상면 북창리 117-5)가 수몰되면서 현재의 자리로 옮겨서 복원된 것이다. 실록전과 선원각 내부에는 생각보다 볼만한 것들이 많으니 적상산을 들른다면 빼놓지 않기를 바란다. 또한 안국사 역시 같은 이유로 절터가 수몰되면서 현재의 자리로 이전되었다. 안국사가 지금 세워진 곳은 원래 호국사가 있던 자리이기도 했다. 호국사와 안국사 모두 적상산사고를 지키기 위한 승병들의 숙소로 사용된 바 있다. 이 절에서 특히 유념해 보아야 할 곳은 천불전千佛殿인데, 이 전각은 원래 적상산사고에 있던 선원각을 옮긴 것으로 적상산사고의 연혁을 방증하는 유일한 자취라 하겠다. 안국사에는 그밖에도 화승畵僧 의겸義謙이 그렸다는 보물 제1267호 영산회상괘불과 전라북도 유형문화재 제42호인 극락전이 있다.

❻ 적상산은 가을철 단풍 말고도 빼어난 경관이 많아 무주군에서 '적상산 22경'을 지정해 관리중이기도 하다. 제1경 치마바위, 제2경 처마바위, 제3경 장도바위,

제4경 적상산서문지, 제5경 큰바위 얼굴, 제6경 무주호, 제7경 머루와인동굴, 제8경 천일폭포, 제9경 적상산 전망대, 제10경 비녀바위, 제11경 송대폭포, 제12경 속대계곡, 제13경 적상산사고, 제14경 선녀탕, 제15경 공룡통문, 제16경 안렴대, 제17경 신선대, 제18경 갓바위, 제19경 망원대, 제20경 적상산성, 제21경 장군봉, 제22경 안국사가 그것인데, 전부 다 찾아볼 수 있다면 좋겠으나 발길 닿는 대로 적상산성 주변과 서창마을 등산로 일부에서도 충분히 그 정취를 만끽할 수 있다. 무주공용버스터미널에서 서창마을입구(정류장명 '신대마을')까지, 치목마을(정류장명 '치목')까지, 내창마을(정류장명 '내창')까지 버스가 운행되나 버스편이 많지 않고 불규칙해 이용하라 권하기 어렵다. 적상산은 가급적 승용차나 택시를 이용하는 편이 알맞다.

春

타전打電

봄의 길목

타전打電

봄의 길목

●

봄이면 괜시리 마음이 싱숭생숭해지는 사람들이 있다. 일이나 공부도 손에 안 잡히고, 자꾸 창밖만 바라보게 되며, 무엇 하나 의욕이 생기질 않는, 병원에 가 봐도 정확한 진단을 받을 수 없어서 비타민 통이나 받아들고 돌아오는 이들이. 식욕도 떨어지고, 소개팅 제의도 마다하고 말며, TV 화면에서 웃어젖히는 연예인들이 문득 꼴 보기 싫어지고, 어딘가 나가고 싶은 데도 없어서 방에 틀어박혀선 줄창 우울한 노래나 찾아듣게 되는 위인들이. 그러니까, 공중에 큰 바람 몰아치는데, 뭉게구름으로 모여 다같이 흘러가지 않고 저 밑에서 뿔뿔뿔 혼자 거슬러 가려드는 조각구름 같은 성격들이.

봄은 왔는데 아직 겨울잠에 빠져 있는 사람들, 저만의 속도가 달라 생각은 그렇지 않은데 자꾸 박자를 하나씩 놓치고 마는 이들, 앞가림에는 문제가 없지만 경쟁하는 것만은 죽어도 싫은 위인들, 정해진 순서야 어떻든 가장 중요한 걸 먼저 끝내면 되는 게 아니냐는 성격들 말이다. 그러느라 공원의 벚꽃들 어느새 다 저버린 걸 모르고 툭, 고개를 떨군 당신들을 한꺼번에 데려가고 싶은 곳이 있다.

●

계절은 어떻게 들어와서, 어디로 빠져나가는가. 봄은 북상北上하고 가을은 남하南下한다지만, 일반론은 그저 일반론일뿐 지방에 따라 또 고장에 따라 사철이 드나드는 길목은 미묘하게 다르다. 지역 새마을금고나 단위 농협 같은 데서 제작, 배포하는 '카렌다(calendar, 달력)'를 보면, 그 달에 어울리는 동네의 가장 아름다운 장소가 떡 하니 숫자들 위에 전형적인 이미지로 박혀 있다. 세심하게 골랐을 그 이미지는 계절감이 물씬한 장소가 오직 위도緯度에 의해서만 결정되지는 않는다는 사실을 일러준다. 무주에도 계절이 입장하는 저마다의 길들이 있다. 이를테면 여름은 설천면 삼공삼거리에서 백련사에 이르는 구천계곡을 따라 남남서진할 것이고, 가을은 적상면 북창리 불교대학 근처에서부터 머루와인동굴을 거쳐 적상호 지나 안국사까지 엉금엉금 기어오를 것이다. 겨울이야 물론 덕유산의 가장 높은 자리 향적봉(1,614m)으로부터 스키장을 만든답시고 초록색 털옷을 가차없이 벗겨낸 상처투성이 맨살의 슬로프를 따라 눈보라를 흩날리며 직하直下할 것이다. 절정기에 이 길들은 계절의 뒤를 쫓아온 관광버스와 승용차, 등반객으로 미어터지는데, 신기하게도 나머지 하나의 길만은 맹렬한 추종자 없이 차분하고 한적하며 또 수굿하게 고스란히 남겨져 있다. 봄이 오는 길, 설천면 소천리 1501번지에서 원당천을 끼고 이어지는 두길리 1692번지까지의 약 4킬로미터 구간이 그곳이다.

●

그 10리 쯤 되는 구간을 필자는 노천약국, 이라고 부른다. 평소엔 뜨내기들이나 잠시 멈췄다 갈 뿐, 자동차만 쌩쌩 달리고 오래 머무르는 이 없는 마을 앞 시골길이다. 그렇지만 매년 4월 중순, 한껏 뜨거워진 봄이 두둥실 부풀어 올라, 한반도 허리춤에 걸린 철책선마저 휙 뛰어넘어 북쪽으로 달아나 버리고 말 때, 뾰루퉁하게 입 나온 사람들 갑자기 전화기를 들어 여기저기에 아쉽고 서운하고 섭섭하다고 털어넣고 나면 불현듯, 설천면 소천리 1501번지에서 원당천을 끼고 이어지는 두길리 1692번지까지의 약 4킬로미터 구간은 신호라도 받은 듯 별안간 지잉지잉거린다. 무수한 눈빛들이 오가고 수많은 신호들을 주고받은 후 어느 날 갑자기 이 길은 돌변한다. 아직까지 그 사실을 아는 사람들이 그다지 많지는 않으나.

●

봄은 이 길로 무주에 들어온다. 문을 활짝 열어젖히며, 아주 당당히. 무주군 설천면 소천리 1501번지는 라제통문羅濟通門이고, 무주구천동 33경(景, 경관이 아주 빼어난 곳을 뜻함) 가운데 맨 첫 번 째로 꼽히는 곳이기도 하다. 정문을 통해 늠름하게 입성한 춘절은 37번 국도로 진입해 두길리 1692번지, 다시 말해 월현마을 초입까지 약 10리쯤을 무서운 기세로 내달린다. 그러면 풍경은 돌변한다. 두터웠던 원당천 얼음장 녹아버리고, 겨우내 움츠렸던 물고기들 폴짝 뛰어올라 수면 위에 고였던 산그림자까지 곱게 떨린다. 재 너머 두메 산간 골짝에는 연분홍 봉오리들 가지마다 불이 붙고, 스산했던 나무들은 말랑해진 흙 속의 수분을 몸속 대롱으로 빨라올려 바람도 없는데 춤추며 흐드러진다. 꼬불꼬불 37번 국도를 오가는 완행버스가 생각난 듯 벚꽃나무 가로수들을 점등하듯 스치고 가버리면 뒤늦게 깨어난 검은 수목들 한점한점 꽃전구 켠다. 축하라도 하듯이 언덕 위 과수원엔 봉성(蜂聲, 벌 소리)이 요란하고, 반대편 물가에 오순도순 자리잡은 오막집들은 처마를 흔들어 낙수자국 덮은 꽃잎을 흩날린다. 창문 바깥 산자락에 복숭아꽃 살구꽃 아기 진달래가 알록달록 화사해지면 구천동은 일순간 찬란해졌다 몽롱해지고 몽롱해졌다 또다시 찬란해진다. 무주에서 봄은 그렇게 평범한 시골길을 꽃터널로 펑펑 탈바꿈시키면서 온다. 요란하게, 색동옷입고, 들썩들썩하게, 지분대는 향기를 풍기며.

●

무주의 벚꽃은 서울의 벚꽃이 모두 다 저버리는 그 시점부터 시작되고, 그 뒤로도 한동안 머무르다 뒤늦게 깨달은 듯 휙 사라져 버린다. 평균해발고도 400~500미터, 산과 고원에 자리 잡은 시골마을의 봄은 이와 같다. 조금 늦는 듯 하지만 결코 빠뜨리지 않고, 화려함과 거리가 멀 것 같지만 천지간이 송두리째 호사스러워진다. 무주의 봄이 37번 국도로만 다니지는 않는다. 외구천동을 지나 삼공삼거리에서 우회전해 내구천동(구천동 관광특구) 캠핑장 초입에서 다시 밑동 굵은 아름드리 벚나무들을 찌릿찌릿 터뜨리고, 백련사, 향적봉까지 거쳐 철쭉, 함박꽃, 금강초롱 같은 야생화들까지 몽울을 쥐어짠다. 안성면으로 우회한 봄은 동명장여관 옆 구량천길에도 왕벚나무에 팝콘을 달아매고, 적상면으로 옮겨가 괴목리 치목마을 도로변의 홍벚나무들까지 시뻘겋게 물들인다. 한바퀴 돌아 무주읍으로 입성한 봄은 장백리 여의교 부근의 강변길에도 발그스름한 불씨를 쑤석이고, 한풍루 앞마당에는 화우花雨를 내린다. 힘이 빠진 봄은 주계로를 지나 반딧불시장 가는 길에서 잠시 멈춰 서 숨을 몰아쉬다 마지막으로 천흥슈퍼와 일성민음농약사 앞의 얄따랗고 빼빼한 늙은 벚나무에 꽃등을 켠다. 그러면 알았다는 듯 금강변 나무들까지 펑펑, 일제히 축포를 쏜다.

●

　라제통문에서 월현마을까지 벚꽃터널 하늘하늘할 적에 주민들은 조촐한 축제를 연다. 뭐 사실, 축제라고 까지 할 정도는 아니고, 천막 몇 개를 세워 오다가다 먹을 수 있는 지역 먹거리를 내놓는다. 나물 말린 것도 팔고, 부침개도 팔며, 아침에 따온

첫 과일들도 말갛게
씻어 건넨다. 고개를
갸웃할지는 모르지만
사실 그들은 약사다.
천막은 노천약국이고,
앞서 말한 늦된 이들
에게 당신들은 순봄
을 판다. 몇 십 년 씩
계절을 연구해온 전문
가로서 자연어로 쓰
여진 처방전을 발급하
고, 한 번 데쳐서 먹으
면 최고여!, 투약시 주의사항을 지시하기도 한다. 술은 조금만 잡
숴~, 때로는 아로마테라피 요법도 쓴다. 막 따와서 냄새가 달콤하
니까 함 맡아봐. 여러 번 환자를 데려와 봤는데 부작용도 없고 반
응도 열광적이다. 심지어 어떤 이들은 자신이 완치된 걸 감추고
는 계속 데려가 달라는 파렴치한 X들도 있다.

●

해마다 봄이면 벚나무들이

이 땅의 실업률을 잠시

낮추어줍니다

꽃에도 생계형으로 피는
꽃이 있어서
배곯는 소리를 잊지 못해 피어나는
꽃들이 있어서

겨우내 직업소개소를 찾아다니던 사람들이
벚나무 아래 노점을 차렸습니다
솜사탕 번데기 뻥튀기
벼라별 것들을 트럭에 다 옮겨 싣고
여의도광장까지 하얗게 치밀어 오르는 꽃들,

보다보다 못해 벚나무들이 나선 것입니다
벚나무들이 전국 체인망을 가동시킨 것입니다.
　－ 손택수 詩, 「벚나무 실업률」 전문, 『목련전차』, 창비, 2006

●

　사람들아, 와도 좋다. 하지만 너무 많이 오지는 마시라. 주민
들이 차리는 노천 약국이 폐업하지 않고 매년 이어질 만큼만,
꼭 그만큼만. 입소문 과히 퍼뜨리지는 마시고.

라제통문 (사진제공 : 무주군청)

① 라제통문羅濟通門은 이름처럼 신라와 백제 사이의 오래된 교통로였을 것 같으나 실은 일제강점기에 뚫은 근대식 터널(굴문)이다. 통문 아래로 흐르는 원당천이 맑고 호쾌해서 바라보는 맛이 좋으며, 이전까지는 만만찮은 산비탈을 걸어서 넘어야 하는 고개였던 까닭에 옛 정취가 그대로 남아 있어 한 번 들러볼 만 하다. 로터리 부근에 1962년 건국훈장 국민장을 받은 의병장 강무경의 동상이 놓여 있기도 하다. 여기서 구천동로를 따라 월현마을 쪽으로 4km 길이 전부 벚꽃터널이다. 이 길은 얼마 전 국토교통부가 뽑은 '국도 드라이브 코스 베스트 텐(10)'에 속해있지만 교통량이 많지는 않다.

② 라제통문 부근에서 추천할만한 식당은 설천면 삼도봉장터 부근의 태권도맛집(설천면 삼도봉로 20-1, 설천면 소천리 888-21, 063-324-5421)의 가정식 백반과 조금 멀지만 구천동 관광특구의 원조할매보쌈(설천면 구천동1로 101, 설천면 삼공리 418-23, 063-322-7707)의 해장국, 삼공삼거리에 자리한 중국음식점 만리장성(설천면 구천동로 848, 설천면 삼공리 365, 063-322-828)의 식사 메뉴 등이다. 설천면 장터 부근이 상대적으로 싼 편이며, 구천동이나 리조트 쪽

으로 갈수록 모든 비용이 천정을 모르고 치솟아 오른다. 일례로, 농업금융협동조합에서 운영하는 무주의 체인형 대형마트는 서울의 백화점과 비교될만큼 물가가 세다. 신기하게도 중국집만은 이곳 어디에서나 예외적으로 비싸지 않은 편인데, 이유는 이용객 가운데 주민들이 대다수라 그렇다는 후문이다. 예로부터 어르신들께서는 외식하면 중국음식을 떠올리는 경향이 있어 요리보다 짜장면, 짬뽕, 볶음밥 같은 식사 메뉴가 주로 발달해 가성비가 높은 편이라고. 딱히 끌리는 데가 없다면 무주에서는 중국음식점을 찾아보는 걸 추천한다.

❸ 설천 삼도봉장터(혹은 설천면사무소)에서 국립태권도원과 반디랜드가 가까우니 아이들과 함께 왔다면 아울러 방문해 봐도 좋겠다. 태권도진흥재단이 운영하는 태권도원(무주군 설천면 무설로 1482, 설천면 청량리 산 6-19, 063-320-0114, www.tpf.or.kr/t1)은 세계 최대의 태권도 수련공간과 국제경기장, 전시시설을 갖춘 복합문화공간이기도 하다. 시범단의 공연만큼은 성인들도 만족하고 볼만한 수준인데, 입장료와 이용료가 저렴하지는 않은 편이다. 또, 반디랜드(무주군 설천면 무설로 1324, 설천면 청량리 1100, 063-324-1155, tour.muju.

go.kr/bandiland)는 반딧불이를 비롯한 곤충박물관과 청소년수련원, 야영장이 어우러진 체험학습시설로 정기용 건축가가 기본설계한 건물에 자리잡고 있다. 아쉽게도 어른들을 위한 곳은 아닌 가족친화적 공간으로 입장료가 저렴하고 이용객에게 너그럽다. 반딧불 축제를 놓쳤다면, 탐방이 매력적일 수 있겠다. 이와는 별개로 무주군청에서 주최하는 "마을로 가는 봄 축제"가 봄 프로그램을 진행하는데, 군내 6개 읍면 20여개 마을에서 준비한 다양한 체험을 즐길 수 있다. 자세한 안내는 무주군청 홈페이지에서 '마을로 가는 축제'를 검색할 것.

④ 라제통문 근처의 숙소는 덕유산 편을 참조하시라. 설천면에도 묵을 곳이 점점이 있으나 규모나 시설 면에서 아직까지는 구천동 쪽이나 무주읍에는 미치지 못하는 듯 하다. 반디랜드-태권도원-설천면사무소-라제통문을 잇는 설천 고유의 여행 코스가 만들어지기를 바란다. 사실 콘텐츠는 이미 충분하므로.

⑤ 본문에 제시한 것 이외에도 무주에는 봄꽃 명소가 많다. 사실 웬만하면 다 꽃밭이라 할 수 있다. 워낙 산골 마을이기 때문이다. 특히 부남면 금강벼룻길, 금강 맘새김길 등은 봄날의 산책길로 그 어느 곳과 비교해도 전혀 부족하지 않은 최고의 트래킹 코스다. 이를 다룬 별도의 장이 있으니 놓치지 말길 바란다.

春·夏·秋

다감한 옛길

부남면 금강벼룻길과 무주읍
뒷섬마을 맘새김길 外

다감한 옛길

부남면 금강벼룻길과 무주읍 뒷섬마을 맘새김길 外

1. 금강벼룻길 가운데 잠두마을 옛 길

부남면富南面은 무주의 북서쪽에 위치한 코끼리코 모양의 좁다란 내륙 지역으로 635번 지방도로 금산과 연결되고, 30번 국도로 진안과도 맞닿아 있다. 한때 금산에 속하였으며 충청도의 영향을 많이 받은 고장이고, 이름 역시 금산의 남쪽이라는 뜻에서 비롯하였다. 면적은 69.4㎢로 목포시보다 넓은데 비해 주민 수는 1천5백여명 정도다, 그중 대다수는 농사를 지으며 살고 있어서 한낮에는 길에서 사람 한 명을 마주치기 어려울 정도로 조용하고 한갓진 마을이다.

부남의 명소는 지역을 차로 돌아다녀 보면 금세 알아챌 수 있다. 금강이 면面 전역을 고리 모양으로 여러 번 휘감아 돌면서 동네를 관통하고 있어서 산과 강이 만나는 자리마다 빼어난 수변 경관을 보여준다. 곳곳의 협곡을 고무보트에 탄 채 노젓기 하나로 헤쳐 나가는 레프팅rafting이 유명하지만 부남강변유원

지(무주군 부남면 대소리) 또한 주민들이 굳이 알려지기를 원하지 않는 여름철 은거지 가운데 하나다.

그리하여 강변을 자동차로 훑어가는 드라이브만으로도 부남을 찾아도 좋지만, 가을철이라면 와야 할 이유가 하나 더 보태진다. 가로수 때문이다. 부남에는 감나무가 길 따라 줄지어 심어져 있다. 가을이면 빠알간 감이 가지마다 맺혀있는 외곽도로를 따라 부남면을 싸고도는 맛이 그야말로 '가을가을하다'. 군청에서 일제히 수거하는 11월까지는 열매를 따지 않아 조롱조롱 달린 감들을 구경하며 느릿느릿 고장을 누비는 재미가 달큰하기 그지없다. 부남교차로(무주군 부남면 장안리 221-2) 부근에서 지장사를 거쳐 부남 밤송이마을까지 이르는 635번 지방도로를 지인들끼리는 '감로수길(감+가로수길)'이라 부르고 있을 정도다.

하지만 부남면의 가장 아름다운 곳은 차를 통해서는 갈 수 없다. 그곳이 본래는 농수로여서 마을 뒤편 깊숙한 자리에 숨어 있기 때문이다. 비탈이 심해 마을과 마을 사이를 질러가는 좁은 지름길로 쓰였던 '금강벼룻길'은 도로와 한소끔 떨어져 있는 덕분에 옛 시절의 자취를 온전히 간직하고 살아남게 됐다.

'벼룻길'은 '벼랑 끝의 비탈길'이란 뜻인데, 부남면 대소마을에서 대티마을까지 이어지는 6km 가량의 금강과 접해있는 숲길이다. 때로는 마을과 강기슭을 지나며 꼬불꼬불하게 이어지는 울창한

수풀길이 호젓하고 포근해서 신비하게 느껴질 정도다. 중간에 석굴을 만나는데, 주민들이 망치와 정으로 일일이 쪼아 만든 흔적이어서 정겹고 뭉클한 구석이 있다.

벼룻길 중에서도 잠두2교와 잠두1교 사이의 약 2km 구간이 아름답기로 으뜸이며, 이 길을 별도로 '잠두마을 옛길'이라 부른다. 이 오솔길은 원래 무주와 금산을 연결하는 신작로였으나 37번 국도가 새로 뚫리며 차량 통행이 금지된 이후 자연환경이 복원되는 계기가 됐다. 두셋이서 나란히 걸을 수 있는 정도의 너비로, 한 눈으로는 강 너머 오종종한 향촌인 잠두마을을 곁눈질하면서 또 한 눈으로는 강을 따라 길게 포물선을 그리며 피어난 꽃나무들을 음미하면서 발바닥에 와 닿는 흙길의 촉감까지 느껴볼 수 있다. 봄날이면 살구꽃과 벚꽃, 진달래가 사방

팔방 피어나 이 길을 하나의 수목원으로 탈바꿈시켜서 걷다 보면 이 길이 끝나지 않기를 바라게 될 정도다. 무주의 모든 길들 가운데 단연 최고다. 무주읍내에서 종종 택시를 타고 와서 이곳만 걷다 가는 외지인들도 있다. 4월 중순부터 하순까지 무주에 올 일이 있다면 놓치지 마시길.

금강벼룻길은 대소마을부

터 시작해 대티마을까지 긴 구간이지만, 개인적으로는 부남면 사무소 뒤편에서부터 시작해 율소마을에 이르는 2시간 여 정도의 강변숲길이 제일 좋았다. 벼랑길이므로 너무 이르거나 늦은 시간에 걷는 것은 피하시라. 날씨가 궂을 때도 추천하지 않는다.

2. 육지속 섬마을의 '학교 가는 길', 맘새김길

'학교가는 길' 이정표
(사진제공 : 무주산골영화제)

무주에서 가장 특이한 지형을 꼽자면 육지의 섬마을인 내도리內島里가 첫 손에 꼽힐 것이다. 내도리는 금강이 크게 휘감고 돌면서 동그마니 가둬지고 만 육지 속 섬마을인데, 그런 탓에 도시의 오염과 때에 물들지 않고 남은 외딴마을이기도 하다. 무주읍과 붙어 있는 앞섬마을과 멀리 금산, 영동 쪽으로 연결되는 뒷섬마을로 구분된다.

내륙의 섬마을 내도리 아이들은 학교에 가기 위해 산길을 넘고 강을 건너야 했는데, 그래서 '비가 온다. 물이 불면 어쩔까. 하늘만 쳐다보았다'고 썼던 故 양영란 어린이의 일기처럼 날씨가 궂길라치면 그 길은 목숨을 걸어야 하는 험로가 되고 말았다. 아니나 다를까, 1976년 6월 8일 학교가 끝나서 집으로 돌아가는 길에 배가 뒤집혀 앞섬 마을 초중고생 15명, 어른 3명까지

총 열여덟 명이나 익사하고 만 참사가 터졌다. 다리를 일찍 놓았어야 옳았을 것을. 사고가 난 다음 해에야 무주읍과 내도리를 잇는 교각이 소잃고 외양간 짓기 식으로 건설되었다.

맘새김길은 뒷섬마을에서 강변을 따라 향로산을 넘어 무주읍내까지 학교로 이어지던 지름길이며 이제는 네 갈래로 나눠져 있다. 그중에서 가장 추천할만한 코스는 '학교가는 길'로서 뒷섬다리(후도교後島橋)에서 질마바위, 북고사를 거쳐 무주고등학교까지 이어지는 구간이다.

'학교가는 길'이란 이름답게, 이정표도 연필 모양으로 세워졌으며 강변을 따라가다 만나는 바위절벽인 질마바위에는 주민들이 자녀의 등하교를 위해 직접 굴을 뚫고 손수 새긴 '1971. 5. 20'이란 숫자가 작은 기념비로 놓여 있다. 봄이면 조팝나무꽃,

산벚꽃, 복숭아꽃이 만발하는 이 길에서 사십 년 전의 익사사고의 비참함은 묻어나지 않는다. 그러나 봄이면 내도리는 앞섬마을 전역에서 재배하는 복숭아 꽃잎으로 온통 흩날리는데, 그 고즈넉한 동화 같은 풍경이 도리어 서글픈 감정을 일깨우기도 한다. 무주읍에서 아주 가깝고, 앞섬마을 초입에는 어업면허를 가진 토박이 어죽 식당들이 자리잡고 있으므로 예전과 거의 달라지지 않는 풍광을 어림하면서 천천히 거닐어보기를 추천한다. 승용차나 택시를 타고 후도교 끝에서 출발해 이정표를 따라 앞섬마을까지 오는 한 시간 여 코스를 추천한다.

　참고로 6월이면 뒷섬마을 뚝방길에는 금계국이 끝도 피어나는데, 강바람에 천리만리 파도치는 여리여리한 노란빛은 맥없이 마음 한 켠을 흔들어댄다. 사적으로는 여름날 가장 자주 찾은 장소이기도 했다. 적벽가든(금산군 부리면 적벽강로 774, 부리면 수

통리 483-2) 앞에서 금강을 따라 무주 쪽으로 이어진 뚝방길 전체가 국화물결이다.

후문에, 내도리는 삼성의 故 이병철 회장이 원래 에버랜드를 지으려 했던 자리였다는 얘기가 있다. 주민들의 강력한 반대로 뜻을 접고 지금의 용인에 놀이공원을 만들게 되었다고. 산으로 둘러싼 분지에 금강이 휘감아 도는 조건까지 놀이공원 입지로는 완벽에 가까웠겠다 싶지만 무산된 덕분에 내도리는 때묻지 않은 강마을의 원형을 그대로 지킬 수 있었다. 계절따라 곱게 아롱지는 섬마을의 순간은 인공의 테마파크 따위가 감히 꿈꿀 수 없는 지고의 풍경이기도 하다.

3. 지금은 무주에 속하지 않는 '방우리길'

지금은 충청도에 속해 있지만 원래는 무주였던 금산군 부리

항로산에서 바라본 내도리 전경 (사진제공 : 무주군청)

면 방우리의 금강변은 잠두길이나 맘새김길 못지않게 평화롭고 찬란한 옛길이다. 앞섬다리(전도교)를 지나 좌회전해 전도마을 회관(무주군 무주읍 앞섬1길 7, 무주읍 내도리 1807-1)을 끼고 다시 좌회전하면 하면 강을 옆구리에 끼고 달리는 도로가 나온다. '방우리길 진입로'라는 표지판이 있으니 놓치지 말 것. 이곳 역시 빼놓기에는 너무나 아까운 쌈지길이다. 승용차나 택시로만 갈 수 있다.

봄날이면 살구꽃과 벚꽃, 진달래가
사방팔방 피어나
이 길을 하나의 수목원으로 탈바꿈시킨다

春·夏·秋

두문 마을의 불꽃 송이

낙화놀이의 요람이자
반남박씨의 세거지

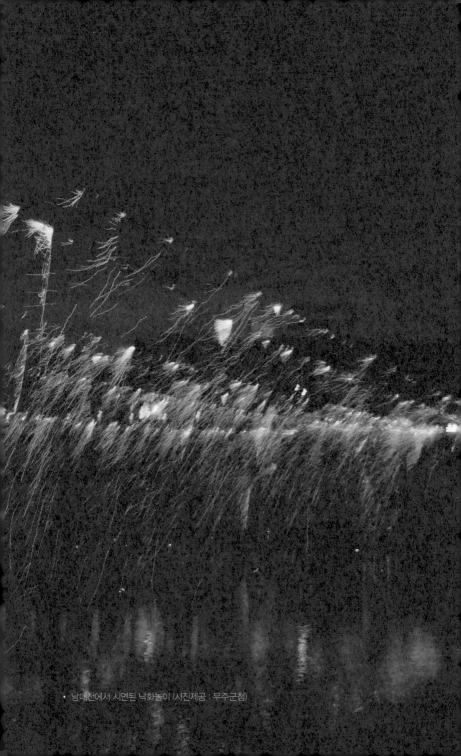
• 남대천에서 시연된 낙화놀이 (사진제공 : 무주군청)

두문 마을의 불꽃 송이

낙화놀이의 요람이자 반남박씨의 세거지

1. 마을이름이 '두문'인 이유

요즘처럼 쌀의 분량을 재는 단위로 킬로그램을 쓰게 된 것은 30년도 채 되지 않은 일이다. 1980년대까지는 보통 홉, 되, 말로 구분되는 계측법을 썼다. 한 홉은 성인 남자 기준으로 한 줌과 비슷했으며, 한 되는 두 손으로 움켜쥘 정도로 열 홉에 해당했고, 한 말은 곧 열 되었다. 그때는 무게로 쌀을 재지 않았고 오직 부피로만 셈했다. 지금과는 영판 다른 세상이었던 셈이다.

마을 이름인 '두문斗門'인 이유 역시 예전의 계량법과 관련이 있다. 80년대 이전까지 무주의 중심은 지금의 무주읍이 아니라 두문마을이 위치한 안성면이었고, 당시 안성장은 무주의 다른 면은 물론, 충청도와 경상도에서도 찾아올 정도로 규모와 위세가 대단했다. 뒤로 덕유산과 이어지면서 안성 중심지와도 멀지 않았던 두문은 예로부터 서당과 향약이 공동체의 중심이었던 선비골이었다. 경사진 산비탈에 자리잡은 두문마을은 지형상의 어려움을 딛고 계단식 논과 산밭을 경작하며 예로부터 교육에 힘써왔는데, 마을의 원래 이름은 '말거리' 혹은 '말그리'로서 읽는 그대로 '말글 마을'을 뜻하며 서당에서 학생들이 읽고 쓰는 소리가 듣기 좋아 그대로 마을명이 되었다고 전한다. 나중에 한문으로 표기되면서 두문斗門으로 바뀌었는데. 이는 '되글斗文로 배워서 말글로 사용한다'는 속담과 관련이 있다. 즉, 조금 배웠어도 크게 써먹으라는 뜻으로 두문斗門은 마을명이자 동시에 지향점이기도 했다. 그만큼 이곳 두문마을 사람들이 말글(학문)에 대해 품고 있는 경외감과 애정이 컸다는 뜻이겠다. 실제로 안성 중고등학교의 전신인 흥감재(興感齋, 마을서당), 두랍재(興感齋, 향약교육장), 반남박씨 삼세충의비(潘南朴氏 三世忠義碑), 두산기(斗山基) 등 곳곳에 남아있는 교육적 유산이 또렷해서 주변을 걸어

다니자면 한 세기 쯤을 거슬러 탐험하는 일종의 시간여행처럼 느껴지기도 한다. 비록 아이들은 도시로 떠나고 조형물들만 우두커니 남아있지만.

2. 타오르는 불꽃의 마을

그러나 마을은 소중한 유산을 끈질기게 지키며 세태에 저항해 왔다. 기업도시, 골프장 건설 의 위기를 겪으면서도 똘똘 뭉쳐 유혹과 겁박을 물리쳤고. 줄어드는 인구 숫자에도 불구하고 고유의 전통을 내팽개치지 않았다. 줄불이, 줄볼놀이 라고 불리는 낙화落花놀이는 바로 그 반증이다.

저수지 양쪽 끝에 기둥을 세우고 도르래를 달아 맞물려 오가는 두 개 이상의 줄을 매달고, 한지에 말린 쑥, 뽕나무숯, 소금을 넣고 둘둘 싸매 만든 낙화봉을 줄에 일일이 매단 다음, 불을 붙여 쓱쓱 줄을 잡아당기면 파박파박 소리를 내며 한 시간 넘게 수면에 불꽃이 쏟아져 내린다. 서양의 불꽃놀이처럼 공중에 쏘아 올리지는 않지만, 물 위로 되비치며 천천히 휘돌아가는 불꽃의 춤을 보고 있노라면 그 잔영이 아름답고 황홀한 나머지 이 순간이 영원히 계속되었으면 싶어질 정도다. 송구하지만, 두문마을의 전통 낙화놀이를 보고 나면, 서울의 한강변 불꽃놀이나 부산의 광안대교 불꽃놀이는 굳이 찾아보지 않게 된다. 이 불꽃은 사람이 만들어낸 것 가운데 가장 특별한 존재라고 인생을 걸고 말할 수 있다.

낙화놀이는 조선시대부터 사월 초파일 무렵에 홍감재 앞 논

에서 서당 학동들이 책걸이(책 한 권 진도가 끝날 때마다 하는 일종
의 뒤풀이)로 벌였다는 행사인데, 지금은 주민 전부가 참여하는
마을 공동체의 주요 사업이 되었다. 반딧불 축제 등으로 무주
에 들렀다가 낙화놀이를 본 사람들이 잊지 못하여 지자체에 요
청하는 통에 방방곡곡에서 출장 시연을 부탁하는 까닭이다. 실
제로 줄불놀이는 함경남도부터 경기도, 충청도, 경상도까지 전
국에 걸쳐 공연된 바 있다고 여러 문헌에 기록되어 있지만, 전통
방식 그대로 낙화의 미학을 꼿꼿이 재연하는 마을은 거의 남아
있지 않다. 반촌班村 두문의 고집은 꽃을 피웠다. 그것도 몇 백
년이 지나도록 꺼지지 않는 찬란하고 눈부신 불꽃을.

3. 그러니 반드시 두문마을에서

음력 정월 대보름, 모내기 전, 7월 보름 등 농번기를 피해 치
러졌던 낙화놀이가 이제는 군내외의 각광을 받으며 전국 단위
로 여러 번 시연된다. 봄에서 가을 사이, 두문마을에서 날짜를
정해 자체 행사로 벌이기도 하고, 무주읍내의 여러 축제와 타
지역의 대형 행사에도 단골로 선보인다. 하지만 낙화놀이의 진
면목을 보기 위해서는 본향인 두문마을로 찾아와야 한다.

마을에 낙화놀이가 예고되면, 주민들은 몇 주 전부터 일일
이 낙화봉을 만들고, 마을 축제를 준비한다. 전 주민이 참여해
행사장을 손보며 천막을 세워 손님들을 위한 먹거리도 준비한
다. 최근에는 약간의 입장료(3천원)를 받기 시작했는데, 그중 일
부(2천원)는 음식 교환권으로 돌려준다. 낙화놀이만을 위해 만

든 전용 저수지에서 줄불 놀이를 감상한 후, 돌아서면 바로 주민들이 마련한 먹거리 행사장인데, 값이 싼 건 물론이고 정취가 이만저만하지 않다. 불꽃놀이가 끝나고 칠흑같이 어두운 산골 마을에서 지역민들이 정성껏 마련한 주전부리며 국수며 안주꺼리에다 손수 만든 농주나 다른 술을 곁들여 마시면 뭐랄까, 집에 가잔 생각이 슬그머니 사라지고 만다. 길놀이로 행사장까지 오는 마을 도로를 특유의 조명을 이용해 밝히고 있는 것도 굳이 두문까지 찾아올 특별한 이유가 된다.

낙화놀이는 완전히 어두워지고 난 후인 밤 9시 즈음에 펼쳐지는데, 길놀이나 점화식이 있어 행사장은 해질 무렵부터 개방한다. 일찍 도착해 마을을 천천히 둘러보면 알 수 있다. 두문은 순박하지만 곱고 어여쁜 고을임을. 마을 뒤편으로는 원앙 서식지가 있고, 두문산이 포근하게 마을을 안아준다. 그 뒤로는 진산鎭山인 덕유산이 한 번 더 마을을 품어주고 있으며 동네는 둘러볼만한 오래된 흔적이 그득하고 어귀에서도 맑은 내가 흘러 반딧불이가 빛을 내며 떠돈다. 그러니까, 두문마을은 무주의 축소판, 아주 작은 무주라고 할 수 있다. 낙화놀이가 열리는 날, 두문마을에 온다면 당신은 무주를 뼛속깊이 들여다 본 것이나 마찬가지다.

이 작은 마을은 극심한 변화(근대화), 돈의 유혹(기업도시 건설), 자본의 위협(골프장 매립)까지 수많은 위기를 겪어내면서도 고유의 가치들을 훼손하지 않고 끝내 고수했다. 이제 그 어르신들도 늙어간다. 학교도 사라지고, 아이들 울음소리도 줄어만 가는 산골마을은 자꾸만 외롭고 고요해지는데, 우리는 어떻게 당신들이 지켜낸 가치들을 간직하고 보듬어 다시 전해줄 수 있을까. 낙화놀이의 곱다란 불꽃을 흐뭇하게 지켜보는 수많은 사람들에게 불꽃 씨앗을 한 줌 씩 안겨 저마다 마당에 심으시라고 강권하고 싶은 마음이다.

낙화놀이 뒤에 이어지는 풍등 날리기

1 두문마을은 무주군 안성면 덕유산로 876(안성면 금평리 569-2)에 있으며 낙
화놀이 안내는 마을 홈페이지(www.불꽃이춤추는마을.kr)나 무주군청 홈페
이지를 참고하면 된다. 전통 낙화놀이는 전북 무형문화재 56호로 등재되어 있
기도 하다.

春·夏·秋·冬

그 사람 눈보라 속으로
돌아가네

그림쟁이 최북의 삶과 예술,
무주군 최북미술관

• 이한철이 그린 최북 초상화 (사진제공 : 무주군청)

그 사람 눈보라 속으로 돌아가네

그림쟁이 최북의 삶과 예술, 무주군 최북미술관

1. 북쪽으로 돌아앉은 삶

본인의 삶이 그리 순탄치 못하리라고 일찌감치 예감했던 것 같다. 혹은 체념했거나. 그의 본명은 식埴. 그러나 서른 즈음에 스스로 이름을 고쳐 북北이라 했다. 햇빛 한 점 들어오지 않는 구석이며, 삭풍이 밀려드는 방향이기도 하다. 나중엔 그 이름마저도 다시 쪼개 칠칠七七이로 삼았다. 칠칠이, 칠칠맞은 놈. 자신을 멸칭으로 불러달라는 이가 평범한 사람은 아니겠다. 애초부터 그는 세상과 등지고 돌아앉았던 거다. 기록과 서화에 남긴 다른 이름도 하나같이 그러하다. 본명 대신 부른 이름은 성스러운 그릇이란 원뜻과는 거리가 먼 '성기聖器'였고, 아랫사람을 하대할 때 쓰거나 국부를 에둘러 지칭하는 대명사에 접미사 재齋를 붙여 '거기재居基齋'를 쓰기도 했다. 말장난과 자기 비하는 최북의 삶을 아우르는 특징이었다.

그가 살던 18세기 조선은 고정된 신분제 사회였고, 그의 아

최북의 기우귀가騎牛歸家 (사진제공 : 무주군청)

버지는 중인으로서 산원算員, 지금으로 말하자면 경리 일을 맡
고 있었다. 중인中人이라면 마치 양반과 상민 사이의 중간층처럼
보이지만, 당시는 양반이 아니면 아예 사람 취급을 하지 않았던
터라 노비나 농민보다는 조금 나았을뿐 크게 다를 바 없는 미
천한 처지였다. 입신양명의 유일한 수단인 과거를 볼 자격이 주
어지지 않았기에 기껏해야 양반을 보좌하는 기술직이나 맡을
수 있을 따름이었다.

　그는 제 아비처럼 남의 돈이나 세며 일생을 보내는 일에는
관심이 없었다. 그리하여 조상 대대로 맡아왔던 산원의 일을 일
찌감치 저버리고 타고난 재주에 골몰했다. 그 재주란 그림을 그

리는 것이었는데, 조선 시대 화가의 평균적인 생활이 산원의 그 것보다 나을 리는 만무했다. 상업 자체가 그리 발달하지 못 했고, 서화 거래 역시 주먹구구식으로 이루어져 그림값에 대한 평가 기준이 제멋대로였던 시대다. 이렇게 쓰고 나니, 현대 역시 마찬가지란 생각도 든다.

어려서부터 화재畫才가 뛰어나다 칭송을 받았으나 먹고 살 길은 막막했다. 당시 화가가 세간의 인정을 받으며 밥벌이 걱정을 제쳐둘 방편은 도화서圖畫署라는 그림 전문 관청에 취직하는 일뿐이었다. 그 실력이면 못할 것도 없건만은, 칠칠이는 출퇴근을 반복하며 누군가의 명령이나 떠받드는 일이 질색이었다. 천거薦擧를 받았지만 단칼에 거절했다. 남은 선택지란 그야말로 환쟁이, 그림을 날품팔아 먹고 사는 불확실한 삶뿐이었는데, 자존심 세고 개성이 뚜렷했던 그는 젊은 혈기에 미래를 확신했다. 문제없다고. 그림에만 의지하며 한평생을 살아가겠다고. 또다른 이름인 호생관毫生館도 그로부터 비롯되었다. 털 호, 살 생, 집 관, 여기서 털은 붓을 의미하므로 다시 말하자면 붓 한 자루로 살아가는 사람이라는 뜻이다. 이 자신만만한 별칭은 그의 성격에 대해 많은 것들을 일러준다. 그림 외에 다른 가치는 중요하지 않다는 순진한 열망, 한 눈 팔지 않고 성취에 이르겠다는 담대한 포부, 솜씨만큼은 누구에게도 뒤지지 않는다는 곧추선 오만……. 그는 자타가 공인하는 당대 최고의 화가, 김홍도金弘道보다 처진다고는 단 한 번도 생각하지 않았다. 그에게 김홍도란 영달에 눈이 먼 겸업화가에 지나지 않았다(김홍도는 도화서에 근무했다). 그러나 그의 자신만만했던 야망은 가혹한 현실 앞에서 조금씩 삐뚤어진다. 결국 그가 외눈박이가 된 사연도 제 분을 이기지 못하고 저지른 자해인 동시에 가당찮은 권세를 향한 반항이기도 했다. 최북을 기록한 많은 문헌들은 그가 철저히 돌아앉은 인물이었음을 보여준다.

최북이 어느 집에서 벼슬아치를 만났다. 벼슬아치가 최북을 가리키며 집주인에게 "저 치는 누군가?" 물었다. 그러자 최북이 고개를 치켜들고 벼슬아치를 노려보면서 "먼저 물읍시다. 당신은 누군데?" 했다.

(조희룡趙熙龍, 『호산외사壺山外史』)

그림이 잘 되어 흡족한 작품인데 주는 값이 적으면 화를 내며 욕하고는 그림을 도로 빼앗아 찢어버렸다. 반대로 그림을 잘못 그렸는데도 값을 후하게 치르면 도로 돈을 내주고는 문밖으로 내쫓으면서 "저 녀석은 그림값도 모르네"라고 비웃었다.

(남공철南公轍, 『최칠칠전崔七七傳』)

한 귀인이 최북에게 그림을 요구했는데, 최북이 거절하였다. 그러자 귀인이 재차 요구하며 그림을 안 주면 다칠 수도 있다면서 최북을 협박했다. 이에 그가 화를 내며 "남이 나를 해치기 전에 내가 먼저 나를 해쳐야겠다"며 송곳으로 한 눈을 찔러 애꾸가 되고 말았다. 그리하여 늙어서는 한 쪽에만 안경을 꼈다.

(조희룡, 『호산외사』 중에서)

칠칠이는 성격이 괴팍해서 순종적이지 못했다. 하루는 왕족인 서평군西平君 이요李橈와 내기 바둑을 두었다. 최북이 막 이기려는 순간에 서평군이 한 수만 물려달라 부탁했다. 그러자 최북이 바둑판을 손으로 쓸어버리고는 팔짱을 끼며 대꾸했다. "바둑이란 그저 재미로 두는 건데, 만약 계속 무르기만 한다면 1년이 지나도록 한 판도 못 끝낼 거요." 그 후로 다시는 서평군과 바둑을 두지 않았다.

(남공철, 「최칠칠전」)

어느 재상 댁에서 그림을 펼쳐보였는데 재상댁 자제들이 "그림은 진짜 모르겠단 말이야"라고 하자 최북이 발끈하여 "그림은 모르겠다면, 그럼 다른 건 뭘 안다는 말이오?" 하고 쏘아붙였다.

(정약용丁若鏞, 「혼돈록餛飩錄」)

2. 미치광이의 삶

그가 태어났던 18세기 초반은 조선 역시 관념론에서 벗어나 실학이 꽃봉오리를 피우기 시작하던 계몽의 시대였다. 미술에서도 중국을 답습하던 병풍 그림 일색에서 벗어나 사람들이 살아가는 실생활의 세계를 표현하는 속화俗話, 있는 그대로의 자연 풍경에 자신만의 관점과 개성을 담아내는 진경산수화眞景山水畵가 각광받던 때였다. 그때껏 주류를 이루던 문인화도 이제 화가 나름의 필치로 보는 이를 고양시키지 않으면 되레 손가락질을 받기 일쑤였다. 최북 역시 시대의 흐름을 타고 문인화 일색에서 속화와 진경산수화의 세계로 넘어간다. 당대는 물론 현대에 이

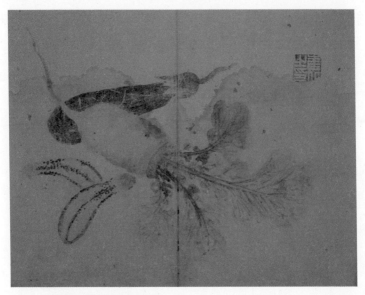

최북의 소채도蔬菜圖 (사진제공 : 무주군청)

르기까지 두루 사랑받은 〈소채도(蔬菜圖, 가지와 무와 오이 같은 채소를 그린 그림)〉나 〈호취응토도(豪鷲鷹兎圖, 조선 매와 토끼 그림)〉가 대표적이다.

　그러나 권력은 언제나 그렇듯 제가 보고 싶은 것만 보려했다. 권세와 돈을 가진 세도가들은 세상이 달라지고 있다는 것을 인정하지 않았고, 여전히 관념론에 매몰된 채 이理가 먼저니 기氣가 먼저니 하는 쓸잘데 없는 논쟁 끝에 유배와 학살을 거듭했다. 새로운 기술이나 제도의 개혁, 민중의 생활에는 아무런 관심도 없었다. 하지만 그림을 사줄만한 여력은 그들에게만 있었으므로, 최북의 밥벌이는 양반들 손에 달린 것이었다. 자신을 바보, 멍청이라 칭하며 그 더러운 세계에서 빠지고 싶다한들 그럴 수가 없었다. 도화서에 속한 신분이 보장된 화가도 아니었고, '3원3재'(단원壇園 김홍도, 혜원蕙園 신윤복申潤福, 오원吳園 장승업張承業, 겸재謙齋 정선鄭敾, 관아재觀我齋 조영석趙榮祏, 현재玄齋 심사정沁師正)처럼 공인된 최고수도 아니었다. 그리하여 아웃사이더로 타고난 그의 외골수적인 본성과 잘난 체 하는 양반네와 싫은데도 어울릴 수밖에 없는 감정노동자의 고초가 맞부딪히면서 그는 온갖 기행奇行을 일삼게 된다. 불합리한 질서에 자신을 맞추기보다 미친놈을 자처하며 세상과 담쌓고 사는 길을 택한 것이다. 다행히 주변에는 사정이 비슷한 중인 친구들이 있어 한바탕 어울리기에 어려움은 없었다. 시 잘 짓는 이단전李亶佃과 서예하는 김계승金啓升이 그의 단짝이었는데, 그들의 호는 각각 필재疋齋와 진광眞狂이었다. 필재는 하인下人이라는 두 글자를 합쳐서 만든 것이고, 진광은 말 그대로 진짜 미치광이라는 뜻이다. 그밖에도 나이는 50살 가까이 어리지만, 그의 정신적, 물질적 후원자였던 명문가의 자제 남공철(南公轍, 추후에 영의정까지 오른다)도 그가 저지르는 해괴한 짓들을 나무라지 않고 너그러이 감싸주었다.

어느 날 금강산 구룡연에 가서는 그 경치를 즐기다 만취하여 울고 웃더니 갑자기 "천하명인 최북은 마땅히 천하 명산에서 죽어야 한다"고 소리를 지르면서 연못으로 내달렸다. 때마침 붙잡아 준 사람이 있어 빠져죽는 것만은 피했다. 최북을 들쳐메고서 산 아래 바위에 내려놓았는데 헐떡이며 누워 있다가 벌떡 일어나 긴 휘파람을 부는데 그 소리가 온 숲을 울려 새떼들이 짹짹거리며 날아가 버렸다고 전한다.

(남공철, 조희룡, 앞의 책)

한번은 어느 귀인의 집을 찾아갔는데, 그 집 문지기가 그의 이름을 함부로 부르지 않으려고 "최 직장(直長, 종7품 벼슬 이름)님이 오셨습니다"라고 하니 최북이 화를 내며 "어째서 정승이라고 하지 않고 직장이라고 하느냐" 물었다. 그러자 문지기가 "언제 정승이 되셨습니까?"라고 묻자 최북은 "그러면 내가 언제 직장이 된 적은 있었더냐. 기왕 헛벼슬로 부르려거든 정승이라 할 것이지 어찌 직장이라 하느냐"며 주인도 만나지 않고 돌아가 버렸다.

(남공철南公轍, 『최칠칠전崔七七傳』)

누군가가 산수화를 그려달라 청했는데, 최북이 산만 그리고 물은 그리지 않았다. 그가 이상하게 생각해 이유를 물으니, 칠칠이는 붓을 내던지며 자리를 박차며 일어나 "아, 종이 밖은 전부 물이오!" 라고 답했다

(조희룡, 『호산외사』)

아침에 남쪽 마을에서 돌아왔다네. 들으니 왔다가 못 만나고 갔다고 해서 안쓰럽네. 머슴들이 하나같이 전하길, 자네가 술에 만취해 있어서 어지럽게 내 책을 꺼내서 흩트려 놓고는 이윽고 미

친 듯이 소리지르며 토하려고 해서 사람들이 붙잡아서야 그쳤다고 하더군. 귀기하다가 넘어져 다치지나 않았는지.

조자앙(趙子昻)의 〈만마도萬馬圖〉는 진실로 명품이네. 이단전이 말하길, 비단이 아직 닳지 않은 것을 보니 분명히 자네가 그려서 남을 속이려 한 짓일 거라 했네만, 비록 칠칠이의 손에서 나온 거라 하더라도 그림이 이만큼 좋다면 조자앙의 필치라고 쳐도 그리 해가 되지 않을걸세. 그 진위 여부를 논하고 말고 할 게 아니네. 그런데 이런 그림을 남에게 얻었다니, 이건 모두 평소에 술을 좋아한 인연으로 생긴 것이니 또 배를 두드리며 웃을만한 일일세. 간혹 술 마실 일 있거든 또 찾아오게나.

(남공철이 최북에게 보낸 편지 중에서)

3. 그림쟁이의 삶

출신도 보잘 것 없었고, 벌이도 시원치 않았다. 성격이 괴팍했으니 누군가의 수하에 굽히고 들어가 배우지도 못했다. 오직 붓 한 자루, 제 몸 하나뿐인 삶이었다. 그래서 그는 그리고 또 그렸다. 먹을 것이 궁해지면 아침저녁으로 한 점 씩 그려내 팔았으며 사겠단 사람만 있다면 부산이든 평양이든 마다않고 오갔다. 그런데도 형편은 늘상 어려웠다.

장안에서 그림 파는 최북을 보소
오막집에서 살림살이에 사방 벽이 뻥 뚫렸는데
문을 닫고 하루종일 산수화를 그려대네.

유리 안경 집어쓰고 나무로 된 붓통이 닳도록

아침에 한 폭 팔아 아침밥 얻어먹고

저녁에 한 폭 팔아 저녁밥 얻어먹고……

— 신광수申光洙,「최북의 설강도雪江圖에 부치는 시」

발버둥을 친다고 쳤는데, 살림도 나아지지 않았고, 그림도 좋아지지 않았다. 배울 길이 따로 있는 것도 아니었다. 화가로서의 그의 삶은 본인이 예상한 것보다 훨씬 더 모질고 지독했다. 최북은 집에만 틀어박혀 도화지에만 파묻히는 일이 능사가 아님을 깨닫고 고민한다. 어떻게 하면 더 깊은 공부를 할 수 있을까. 어떻게 하면 더 많은 경험을 쌓을 수 있을까. 어떻게 하면 더 나은 그림을 그릴 수 있을까.

그리하여 그는 결심한다. 여행을 떠나기로. 조선에만 머물게 아니라 바다 건너 다른 나라까지 견문을 넓히기로. 세상 구석구석 자신이 보지 못했던 진짜 풍경을 만나기로. 이대로 있어봐야 남은 인생이란 손가락질 받으며 기계처럼 그림을 찍어내는 삶뿐이잖은가. 그는 피붙이와 지인, 후원자들까지 총동원해 여기저기 줄을 댄다. 조선통신사朝鮮通信使 수행단에 끼어들어 일본을 다녀오고, 중국의 흑룡강까지 다다른다.

옹졸하고 게으른 나는 평생 장관을 못 만났지만

그대는 바다 건너 하늘 밖을 유람하게 되었구나.

해 뜨는 동쪽에는 진짜 해가 있을 지니

• 최북의 추순탁속도秋鶉啄粟圖 (사진제공 : 무주군청)

• 최북의 호취응토도豪鷲銳兎圖 (사진제공 : 무주군청)

그것을 그려 와 내게도 보여주길.

    — 이익李瀷, 「송최칠칠지일본행送崔七七日本行 3수」, 『성호전집星湖
全集』

동쪽 나라의 달이 밝으니

당연히 내 나라도 밝겠구나.

몇 년이나 객지에 있었던가.

아름다운 계절마다 향수가 일어나네.

눈 갠 숲속은 맑게 트이고

돌아가는 구름은 봉우리에 걸렸구나.

봄바람에 관청 술은 푸르르니

내 홀로 맘껏 마시리라.

    — 최북의 오언율시, 「혼자 술을 마시다가獨酌」

    참고로, 최근의 논문에 의하면, 최북의 수행단 자격은 단순한 화원(畫員, 그림으로 기록하는 수행원)으로서가 아니라 조선침략을 막기 위한 산천, 인물, 정세의 파악이 가장 큰 임무였다고 한다(2001년 11월 1일자 한겨레신문 〈조선의 고흐' 최북 일본서 첩보활동?〉 기사 참조). 그러나 해당 기록에서조차 최북의 전언은 기관원이라기보다 예술가로서의 정체성이 뚜렷하다.

    "장차 바다 건너 동쪽 천하의 기문과 장관을 보고 천지가 넓고
크다는 것을 알고 돌아오려 한다"

    (이현환李玄煥, 『섬와잡저蟾窩雜著』).

국내 여행도 쉽지 않았던 당시의 상황을 감안하면, 18세기 중엽에 불편하기 짝이 없는 교통수단과 거칠기 그지없는 이동 경로로 말도 통하지 않는 이국을 방문하는 일은 목숨을 여러 번 거는 위태로운 모험이었을 것이다. 하지만 그 결과, 최북의 그림에는 전에는 없었던 그만의 서정이 담기기 시작했다. 특히 손가락에 먹을 찍어 그리는 지두화指頭畵를 잘 그려서 게와 갈대를 그린 그림 같은 작품을 보면, 최북이 미물들, 다시 말해 작고 어린 것들에 대한 속깊은 애정과 서릿발 같은 기질이 동시에 드러나는 것을 확인할 수 있다. 세간의 평가는 이러하다.

> 칠칠의 그림은 갈수록 세상에서 유명해져서 사람들은 그를 '최 산수崔山水'라고 불렀다. 하지만 최북은 화초나 짐승, 괴석怪石, 고목 따위를 더 잘 그렸다. 막 흘려 쓴 초서체로 장난삼아 그린 그림도 여느 필묵가들의 뻔한 기법을 가볍게 뛰어넘었다.
>
> (남공철, 『최칠칠전』)

> 그는 산수와 집, 나무를 잘 그렸으며 그림의 뜻이 울창했다. 황대 치(黃大痴, 원나라의 화가)를 숭배하여 스스로 일가를 이루었다.
>
> (조희룡, 『호산외사』)

> 그의 화법은 근력筋力을 위주로 하였으므로 비록 가느다란 필획 으로 풀을 그리더라도 낚싯바늘이나 노끈처럼 형상이 되지 않는 것이 없었다. 이 때문에 사뭇 거칠고 사나운 분위기를 풍겼다. 특

히 메추라기를 잘 그려서 사람들은 그를 최메추라기, 최순崔鶉이라고 불렸다. 일찍이 호랑나비를 그렸는데 보통의 나비와 달라 그 까닭을 물으니 대답하기를, "깊은 산속 궁벽한 골짜기 사람의 발길이 닿지 않는 곳에는 허다한 나비의 모습이 있다"고 답했다.

(이규상李奎象, 『일몽고一夢稿』)

4. 붓 한 자루로 남은 사내

평생을 그림만 그리고자 했으나 세상이 도와주지 않았고, 미치광이로 살고자 했으나 재주가 그를 내버려두지 않았다. 작달막한 체구에 외알 안경을 낀 채 틈만 나면 신경질을 부려대는 그를 대가大家로 보는 사람은 없었다. 그림 값이 싸 그는 늘 궁벽한 생

최북이 그린 갈대와 게 (사진제공 : 무주군청)

활을 했으며, 어쩌다 돈이 생기면 몽땅 주색잡기酒色雜技에 털어넣곤 했다.

그의 그림 역시 그를 닮아 들쑥날쑥했다. 〈계류도溪流圖〉, 〈누각산수도樓閣山水圖〉처럼 유현한 멋이 드러나는 그림이 있는가 하면, 〈서설홍청(鼠齧紅菁, 쥐가 붉은 순무를 갉아먹는 그림)〉, 〈추순탁속(秋鶉啄粟, 메추라기가 조 이삭을

최북의 서설홍청도鼠齧紅菁圖 (사진제공 : 무주군청)

쪼는 그림)〉 같은 사랑스러운 작품도 있다. 반면, 〈표훈사도表訓寺圖〉,〈사계산수화첩四季山水畵帖〉 같은 밋밋한 그림도 많으며, 그밖에도 중국 문인화를 그대로 모방한 듯한 범작凡作도 적지 않다.

태작怠作과 범작이 허다하므로, 최북은 미술사에서 그리 높은 평가를 받는 화가가 아닐지도 모른다. 문헌에서도 그는 주로 기행奇行으로 더 유명하고, 상찬은 가까운 이들뿐 모욕적인 언

급도 드물지 않다.

그러나 최북은 불운한 시대 미천한 출신을 타고났으면서도 드물게 정직한 작가였다. 환쟁이란 천대에 화내지 않고 껄껄 웃으며 제 이름毫生館으로 삼았고, 미친놈 소리를 들으면서도 그것을 제 운명으로 받아들였다. 불합리한 시대, 그림에만 몰두하기 위해 가외의 것들은 모두 저버렸다. 시비가 붙으면 왕족이든 하인이든 가리지 않고 끝까지 가부를 가렸고, 그림 값이 너무 많은 것도, 너무 적은 것도 용납하지 않았다. 얼렁뚱땅 타협하지 않았으며 자해를 해서라도 알량한 사람들과 거리를 두려했다. 지구 끝까지 가서라도 경험을 쌓고자 노력했고, 근사한 풍경을 만나면 진솔하게 느낀 바를 드러냈다. 작고 여린 것들을 그릴 때 특히 애정을 기울였으며, 생략을 통한 기운의 표현에 특히 뛰어나 현실적이면서도 현실이 아닌 듯한 필치가 각별했다. 다시 말해, 그는 그림 외의 세상에서는 그저 주정뱅이와 미치광이, 색정광이었지만 그림에 세계에서만큼은 진지하고 성실했으며 한없이 열정적인 위인이었다.

그의 말년은 쓸쓸했다. 수십 년 간의 술추렴에 완전히 고주망태가 된 최북은 매일 대여섯 되(지금으로 치면 약 10리터, 막걸리 13병 정도를 나날이 마셨다는 얘기가 된다)의 술을 들이켰고, 저잣거리에서 술파는 아이들이 술병을 들고 칠칠을 찾아올 때마다 번번이 집에 있던 책과 돈을 내주며 술과 바꿨다. 결국 가산을 탕진하고 마는데, 그러던 어느 날 그림 한 폭을 팔고는 열흘을 굶더니 열 하루만에 다시 그림이 팔려 희희낙락하며 주막을 찾아

크게 술자리를 벌였다. 거기까지는 좋았는데, 한밤중에 만취해 돌아오다가 그만 성곽 모퉁이에 기대 잠들어버렸다. 그날 밤 큰 눈三丈雪이 내려서 얼어죽고 말았다. 혈육 하나 남기지 않은 그다운 최후였다고 전한다.

기록은 그러나 최북의 죽음에 관해 엇갈린 주장을 편다. 남공철은 서울 여관에서 죽었다고 했고, 이규상은 남의 집에서 빌어먹다 죽었다고 밝혔다. 조희룡은 49세에 세상을 떠났다는 낭설을 남기기도 했다. 정확한 연대도 알 수 없고, 죽었다는 장소도 전부 다르다. 가까운 이들도 정확한 사실을 남기지 못했을 정도이니, 어쩌면 최북은 말년에 자신이 어디로 간다고 주변에 알리지 않고 쓰윽 몸을 감춘 것처럼 보인다.

혹시 최북은 그림 밖의 어지러운 세상을 떠나 그림 속 세계로 스며들어 버린 건 아닐까? 이 글 맨 뒤에 실은 풍설야귀인도처럼, 그는 그림에만 몰두할 수 있는 세상을 찾아 지금도 어디론가 걸어가고 있는 건 아닐까? 그림 속의 하늘에서도 눈보라가 몰아쳐 그는 여전히 정처없는 게 아닐까? 최북이 최북답게 살아갈 수 있는 이상향을 향해 오늘도 쉬지 않고 벙거지 차림에 지팡이 짚으며 꾸역꾸역 밟아가고 있는 건 아닐까?

인공지능(A.I)과 5G 기술로 생활에 획기적인 혁신이 이루어졌다는 21세기의 세상도 마음 속 포부를 온전히 펼치기에는 여전히 편찮은 구석이 많다. 청운의 꿈을 품은 대학생들은 유사 이래 가장 높은 차원의 교육을 받고, 현지인 수준의 외국어 실력과 온오프라인을 망라한 문제해결 능력까지 갖추고 있는데도 성공은

커녕 취업조차 어렵다. 하물며 예술적 포부란 망상이나 헛꿈으로 치부되기 일쑤다. 호생, 즉 붓 한 자루로 입에 풀칠하는 것은 그때도 어려웠지만 지금도 변함없이 난망하다.

2017년 5월 서울 종로에서 열린 예술품 경매에서는 최북의 송하관폭도松下觀瀑圖 한 점이 1억2천만원에 낙찰됐다. 그날의 최고 경매가였다(아시아경제 2017년 5월 22일자 기사참조).

남프랑스에서 활동한 네덜란드 출신의 귀를 자른 서양화가처럼, 최북 역시 살아있는 동안 그림으로 호사는 고사하고 사방 벽이 뚫려 맞바람 교차하는 얼기설기 오막집에서 살다가 객사했다. 예나 지금이나 예술적 평가란 운에 달렸을뿐 도무지 기준을 알 수 없는 불합리한 것일 따름이란 생각이 든다.

설령 최북이 살아있다 해도 그는 오늘도 그때처럼 눈보라 속으로 떠나지 않을 수 없었을 것이다. 종종 필자는 궁금해진다. 가난하더라도 제 뜻대로 살아가고자 하는 인간이 맘 편히 머물 곳은 과연 어디인고.

5. 풍설야귀인風雪夜歸人

한 사내 싸라기눈 헤치며 걸어간다.
나무들 삭풍에 떠밀려 흐느끼는데
골짜기는 해쓱하게 얼어붙어
바윗돌만 참먹처럼 꺼멓구나.
벙거지 고쳐 쓴 길손 지팡이를 바투잡고
지친 사동을 달랠 적에

風雪夜歸人

• 최북의 풍설야귀인도風雪夜歸人圖(사진제공 : 무주군청)

검둥개 한 마리 사립을 뛰쳐나와 짖어댄다.
산이 깊고 밤도 깊어서 길은 더욱 아득한데
시들지 않는 바람 소리 짚신자국을 쫓아온다,
자욱한 눈안개 켜켜이 쌓여
첩첩 산봉우리 윤곽마저 지울 때
있던 길들은 사뭇 지워지고
그 위로 적멸의 길만 홀연히 깔리는데
하염없이 퍼붓는 진눈깨비 맞으며
한 사내 그 속으로 들어간다.
사동도 발자국도 어느새 사라지고
칼바람 속 사방은 교교하기만 한데
아무데도 갈 곳 없는 그 사람
누구도 찾지 않는 그 사람
맹렬한 눈보라 한가운데서 시나브로 희미해진다.
화폭 안에서는 보이지 않고
종이 바깥으로도 흔적 없는데
칠칠이, 그대는 어디로 가시려는가.
이렇게
송이눈 먹먹히 쏟아지는데,
뭉치고 흩날리고 소용돌이치는데.

• 김환태 문학관&최북미술관 (사진제공 : 무주군청)

➊ 본문에서 언급한 책과 논문 외에 아래의 기록과 문헌도 두루 참고하였다.

이규상, 〈18세기 조선 인물지〉 창비, 1997

안순태, 〈남공철 산문 연구〉, 월인, 2015

유홍준, 〈화인열전2〉, 역사비평사, 2008

안세현, 〈전(傳), 불후로 남다〉, 한국고전번역원, 2018

안대회, 〈조선의 프로페셔널〉, 휴머니스트, 2007

도록 〈호생관 최북〉, 국립전주박물관, 2012

장수찬, '역사툰' 〈史람 이야기 21화_최북편〉, 오마이뉴스, 2017

김환태 문학관&최북 미술관(http://tour.muju.go.kr/art/index.do)

한국 고전 종합 DB(http://db.itkc.or.kr)

➋ 최북미술관은 최북의 본향이 무주라는 조희룡의 『호산외사』와 오세창吳世昌의 『근역서화징槿域書畵徵』의 기록에서 연유하여 무주군이 창설, 운영하고 있다. 하지만 유홍준이 『화연열전2』에서 기술한 바와 같이 그의 본관은 경주로

보는 것이 맞을 것 같다. 사실 호생관의 고향이 어디든, 미술관이 어디에 지어졌든 최북이 개의치는 않을 것 같다. 그런데, 최북미술관은 결코 얕잡아볼 수 없는 다양한 작품과 일목요연한 연대기를 선보이고 있다. 그림은 타인의 평가보다 제 눈으로 직접 봐야만 그 진가를 알 수 있다. 불우한 운명의 장본인 칠칠이도 그것을 바랄 것이다. 꼭 들러서 관람하기를 권한다. 후회하지 않을 것이다.

❸ 최북미술관은 전라북도 무주군 무주읍 김환태로 16-6(무주읍 당산리 918-3)에 자리잡고 있으며, 김환태문학관과 같은 층을 공유하고 있다. 그러나 두 곳두 각각의 내용과 형식을 아주 잘 담아낸 내실있는 문화관이다. 홈페이지와 문의는 양쪽 모두 http://tour.muju.go.kr/art , 063-320-5636으로 확인하시길. 무주공용터미널에서 아주 가깝다. 아이들과 같이 가도 좋겠다.

■

나오며

'그 사람' 박길춘씨와
고마운 사람들

'그 사람' 박길춘씨와 고마운 사람들

백두대간 산자락마다 쑥부쟁이 꽃이 드문드문 피어나던 2018년 5월, 필자는 덕유산 국립공원 사무소의 2층 대회의실에 덩그러니 앉아 있었다. 그날은 무주군민들을 상대로 덕유산의 문화와 역사, 생태를 수업하는 '덕유산 시민 아카데미'의 개강일이었는데, 서울 남부터미널의 구천동행 첫차(이자 막차)를 타고 너무 일찍 그곳에 도착하는 바람에 대충 11시 반 즈음부터 의자를 들썩이며 새로 만나게 될 사람들과의 긴장감을 녹이고 있던 중이었다. 오리엔테이션은 정시에 시작해서 예정된 시각보다 조금 일찍 끝났는데, 다시 무주로 갈 버스 시간이 애매하여 나는 간이터미널에서 시간을 때울 궁리를 하고 있었다. 그때 누군가가 다가와 명함을 내밀며 자신을 소개했다. 박길춘, 그의 이름이었다. 길할 길(佶)자에 봄 춘(春)자, 조금 촌스러운 이름이죠? 라고 그가 겸연쩍게 웃었던 기억이 난다. 군의회에서 일하는 공무원이라고 밝힌 그는, 앞으로 무주 책을 쓰는 일을 도와

주겠다고 대뜸 말했는데, 그 친절하면서도 대담한 말투가 한편 고마웠으면서도 필자는 네네, 의례적으로 대답했다. 뭐 물어보는 거나 답해주겠지, 뭘 어떻게 도와줄건데, 하는 의구심 때문이었으리라. 그런데 이상하지, 당장 그날부터 그 '공무원 아저씨'는 나를 제 차 조수석에 앉히고서 내가 서울행 시외버스를 타기 쉽도록 무주 공용버스터미널까지 굳이 데려다 주었고, 다음에 내려올 때는 식사를 같이 하자고 당부했다. 물론, 밥값은 제 (공무원 아저씨!)가 내죠, 라고 그가 덧붙였는데 말씀이나 태도에서 느껴지는 호의가 진심인 것 같다가도 마음 한 구석에는 점점 더 많은 의심이 피어올랐다. 왜? 문화관광과 직원도 아니고 딱히 제 업무와는 상관도 없는데, 군에서 의뢰한 바 없는 지역에서 이에 먼저 나서서 힘을 보태겠단 저의(?)가 영 납득이 되지 않았던 거다.

실제로 2주 뒤 덕유산 아카데미의 두 번 째 수업이 열렸을 때, 필자는 그에게 먼저 연락했다. 그는 무주에서 먼저 만나 점심을 함께 먹고 난 후에 덕유산으로 이동하자며 약속을 잡았다. 뭐 나로서는 마다할 이유가 없었다. 여전히 어색해하는 나를 그는 단골집인 '어복식당'에 데려가 '민물새우탕'을 시켜줬는데, 그때 느낀 문화적 충격은 본문에도 여실히 담겨 있다. 그 뒤로 '공무원 아저씨'와 '무주 책 쓰는 남자'는 둘도 없는 친구가 되어 무주의 구석구석을 두루 누볐다. 아, 이 말은 잘못된 것 같다. 무주의 구석구석까지 그가 날 데려갔다. 안성면 두문마을에서 나고 자란 박길춘씨는 가이드였고, 주민이며, 선생이고, 중개

자이면서 또 후원자였다. 다시 말해, 사람으로 변한 '무주'였다.

첫 만남에서 그는 '돕겠다'고 밝혔는데 그건 새빨간 거짓말이었다. 실제로 그가 한 일은 그저 나를 도와준 게 아니라 내 무주에서의 거의 모든 활동에 함께 했으니까. 함께 가주세요, 말만 하면, 그는 업무 시간 외의 어떤 시간이라도 내주었다. 점심시간, 퇴근 후 저녁이나 밤 시간은 물론이고 휴일에도 함께 했으며, 때로는 휴가까지 써가며 내 일정에 묵묵히 발을 맞췄다. 부남면 금강벼룻길을 가보고 싶다고 하자, 그가 하룻밤을 내 숙소에서 묵고 갔던 일이 기억난다. 새벽부터 일어나 옛길 곳곳을 안내하려고 그는 집에도 가지 못했던 거다. 결국 출근 시간에 쫓기며 아슬아슬하게 무주읍으로 돌아와 부리나케 군청으로 뛰어가던 모습을 필자는 지금도 또렷하게 기억한다. 그는 아침도 건너뛴 채 출근할 수 밖에 없었는데, 그런 적이 한두 번이 아니었다.

이 사람이 과연 애인한테는 이렇게 해줬을까, 싶을 정도로 제 시간을 아낌없이 희생하는 걸 여러 번 지켜보면서, 이 사람이 대체 왜 이럴까 하는 생각도 해본 적이 있다. 고맙습니다, 라고 표현하거나 식사 대접을 몇 번 하는 것 정도로는 도저히 상쇄할 수 없는 은혜를 수차례나 거듭해 입고 나서다. 물론 지금은 그렇게 생각하지 않는다. 이제는 받아들이게 됐으니까. 누군가가 자신을 필요로 할 때, 그는 자신이 할 수 있는 모든 일을 해주려 하는 유별난 존재다. 때로는 그 이상, 자신이 할 수 없는 일들마저도 어떻게든 해내고 싶어 했다. 가끔씩 주민들로부터 걸려오는 그의 전화를 옆에서 듣게 되는데, 자신의 부서와 상관 없이 쏟아지는 숱한 민원들을 그는 하나도 거부하거나 딴 데로 떠넘기지 않고 해결책을 같이 고민하며 담당자나 관계자를 연결해 결말이 날 때까지 뒤를 봐주곤 했다. 그때 나는 알았다. 내가 이 사람한테 받은 은혜는 갚을 수가 없겠구나. 그건 내가 다른 사람한테 '박길춘'이 되어서 갚아야 할 일이구나, 라는 걸. 앞으로도 그 사실을 잊지 않고 행동으로 옮기며 살아가려 한다.

이 책을 내면서 많은 분께 폐를 끼치고 은혜를 입었다. 무주산골영화제의 신동환 사무국장님, 김희진님께 깊은 감사의 뜻을 표하며, 지금은 영화제를 떠났지만 이 책을 오래 함께 고민해준 김현태 전 사무국장님, 한아름님께도 특별한 마음을 전한다. 아카데미 과정을 개설해 전에는 몰랐던 덕유산의 이모저모를 알려주신 덕유산국립공원 사무소의 허영범 소장님, 김재규 과장님, 이유진님, 김태령님께도 꼭 고맙단 말씀을 드리고 싶다. 무엇보다 무주와 덕유산에 관해 가장 깊이 배울 수 있었던 것은 덕유산 국립공원 사무소의 신현웅 선생님 덕분이었다. 진심으로 감사한다. 매번 수고를 아끼지 않아 주시는 해토출판사의 고찬규 대표님께도 변함없이 존경하며 사랑한다는 말씀을 드리고 싶다. 그밖에도 무주군청과 의회의 여러 공무원분들께도 적잖은 도움을 입었다. 정말 감사합니다.

내내 응원하고 힘이 돼 준 가족들(정영호, 김남순, 김라경, 정원화)께도 미안하다고 말하고 싶다. 3년 넘게 신경을 쓰게 만들어

죄송해요. 오지마을 무주에 몇 번이나 함께 가 준 친구 김 한과 윤성희, 안기정, 정재연 군에게도. 무주를 오가는 3년 동안 늘 힘이 되어준 산골영화제의 조지훈 프로그래머님께는 따로 마음을 고백해야겠다. 저 때문에 일이 많았죠, 정말 애쓰셨어요. 이 책은 결국 조지훈 프로님의 뚝심 덕분에 나올 수 있었던 게 아닌가 합니다. 고맙습니다.

무주산골영화제에서 이 책을 써주었으면 좋겠다며 처음 제의를 받은 게 무려 6년 전이다. 그 뒤로 무주를 다니면서 나름대로 애를 썼는데, 흡족한 결과물이 나왔는지 모르겠다. 당연한 말이지만, 이 책에 좋은 무언가가 있다면 다 도와주신 분들 덕택이고, 잘못된 점이 있다면 그건 전부 필자의 탓이다. 아무리 작은 문제도 무주 때문이거나 군민들 때문은 아니다.

2017년부터 봄가을에는 달방을 얻고, 여름과 겨울에는 매주 무주-서울을 왕복하는 식으로 세 번의 사계절을 보냈다. 3년 동안 세상의 모습은 많이 바뀌었는데, 그 변화가 흡족하지만은 않은 걸 보면 여전히 해야 할 몫이 많은가 보다. 외면하지 않고 끝까지 부대끼며 살겠다.

이번 책은 전 책(세월호참사에 함께 한 시민들을 다룬 『잊지 않을게 절대로 잊지 않을게』)에서 배운 것들을 특히 많이 버무린 작업이었다. 다시 한 번 4.16세월호참사 가족협의회와 4.16연대에 큰 고마움을 느낀다.

나는 어떤 아름다움은 노동으로 이루어져 있다고 생각한다. 지나치며 만나는, 탄성을 지르게 되는 무주의 곱다랗지만 심상

한 풍경도 그랬다. 복숭아, 사과를 키우는 농부들과 산그늘 아래에서 논밭을 일구는 어르신들……. 당신들이 경작한 것은 농산물만이 아니었다. 이제는 뉘엿뉘엿 저물어가는 원환적 평화의 풍경이기도 했다.

사람과 자연이 모두 아름다운 무주에서 3년을 보내서 아주 행복했다. 우리가 이 아름다움을 끝내 지킬 수 있기를 바란다. 필요하다면 언제든 힘을 보태겠다. 가만히 있지 않겠다. 어떤 아름다움은 목격자를 신자로 만든다. 나는 그랬다. 독자들도 여기서 무언가를 보았기를 바란다.

— 2019년 봄에, 절반은 무주 사람 정원선

나는 어떤 아름다움은 노동으로
이루어져 있다고 생각한다

부록

미처 다 이야기하지
못한 것들

물안개 피어오르는 내도리 풍경 (사진제공 : 무주군청)

미처 다 이야기하지 못한 것들

이야기로 전부 풀어낼 수는 없었지만 빼놓을 수 없는 무주의 특별한 명소들을
따로 정리해 봤다.

1. 놓치기 아까운 장소

* 한풍루寒風樓

전주의 한벽루, 남원의 광한루와 더불어 호남의 3대 누각으로 평가된 바 있으
며, 그중에서도 가장 아름답다고 손꼽히는 곳("호남 제일루湖南 第一樓")이다. 현
재는 등나무운동장 옆 언덕 위에 자리잡고 있으나 남대천 기슭, 충북 영동군
등 수많은 지역으로 옮겨다닐 수밖에 없었던 비운의 건축물이기도 하다. 벚꽃
철과 눈 내릴 적의 풍경이 아찔할 정도다. 무주군 무주읍 한풍루로 326-5(무주
읍 당산리 1193-2), 전북 유형문화재 제19호.

* 무주향교

태조 1398년에 창건되었다고 하는 무주향교는 몇 차례의 이전을 거쳐 현재
자리로 옮겨져 있는데, 해설사분들의 친절한 설명과 사려 깊은 운영으로 그

냥 지나쳐버리기는 아쉬운 유교적 자산이다. 전통놀이와 각종 체험이 가능하므로 아이들과 오면 좋겠다. 무주읍내에 위치해 터미널, 등나무운동장, 군청 등과 가까우니 같이 둘러볼만 하다. 전북 무주군 무주읍 단천로 135(무주읍 읍내리 264-1), 문의전화는 063-322-0665

* 김환태문학관
본격적인 한국 비평문학의 효시이자 9인회(九人會)의 후기 동인인 눌인 김환태(1909~1944)의 생애와 문학세계를 들여다 볼 수 있는 시설로 최북미술관과 같은 건물에 있다. 무주 추모의 집에 그의 묘가 자리잡고 있으며, 무주읍내에는 나중에 방앗간으로 변모한 그의 생가도 있다. 문학관 주소는 무주군 무주읍 김환태로 16-6(무주읍 당산리 918-3), 063-320-5636, http://tour.muju.go.kr/art

* 칠연의총七淵義塚
순종1년(1907) 정미조약으로 해산된 시위대 가운데 한 명이었던 신명선申明善이 150여 명의 의병을 모아 칠연계곡을 본거지로 해서 일본군과 격전을 벌였다. 무주는 물론 경상도까지 세력을 넓히며 치열하게 싸웠으나 1908년 일본군의 협공으로 모두 전사하고 말았다. 이에 주민들이 유해를 묻고 칠연의총이라 불렀다. 덕유산 칠연계곡 탐방로 초입에 있다. 칠연계곡은 사계절이 모두 빼어난 경관으로 유명한 산길인데, 특히 여름날 풍광이 근사하다. 가는 길에 있으니 꼭 한번 들러보시길 바란다. 위치는 무주군 안성면 공정리 산 6.

* 무주 향로산 자연휴양림
무주읍 바로 뒤에 신설한 자연휴양림으로 모노레일, 캠핑장, 수영장, 인공폭포, 숲속의 집, 휴양관, 동굴집 등의 숙박, 체험 시설을 두루 갖추고 있다. 무주산골영화제에서 영화상영과 천체관측을 함께 하는 '별밤소풍' 프로그램을 진행해 인기를 모은 곳이기도 하다. 숙박 시설 이용료는 타 휴양림에 비해 싸지 않은 편이나, 숙소에서 트레킹이 가능하고 숙박시설이 독립적인 덕분에 무주군 안팎에서 각광을 받고 있다. 모노레일을 타고 향로산 정상까지 올라가 내도리 마을의 전경을 살펴본 후 걸어내려오는 코스와 별채인 숲속의집 숙박을 추천한다. 무주군 무주읍 오산리 791, 063-322-6884, http://mujuhyangrosan.kr

* 태권도원 전망대
무주군 설천면 백운산 자락에 세워진 태권도원은 세계에서 유일한 태권도 전문 복합문화공간이지만, 그 모든 시설을 뒤로 하고 셔틀버스 모노레일을 번갈아 타고 가야 하는 전망대에 굳이 올라보길 권한다. 푸르게 넘실거리는 무주의 산과 드문드문 자리잡은 인간의 마을들을 한 눈에 담아볼 수 있으니까. 그런 풍광은 어디에도 가질 수 없는 오직 이곳만의 자산이니까.
전망대 바로 아래에는 통창을 둘러친 카페가 있어 층층이 겹쳐진 산그림자를 배경으로 두고 차 한 잔을 청할 수 있다. 그때, 이곳은 지상에서 가장 아름다운 다원茶園이 된다.
맑은 날이어도 좋고, 비가 와도 좋으며, 눈이 내려도, 단풍철이어도 그 어느 때라도 가려 찾을 이유가 없다. 태권도원 전망대는 그런 곳이다. 이미 완전한 곳. 아무것도 더하거나 뺄 필요가 없는 장소. 설명이 전혀 필요치 않은 유일한 공간.

2. 편의시설 및 숙박업소

* 무주 덕유산 리조트 관광 곤도라

덕유산 국립공원 내에 위치한 무주 덕유산 리조트에서 관광 곤도라(소형 케이블카)를 20분 정도 타고 오르면 덕유산 정상 향적봉(1,614m) 바로 아래인 설천봉(1,520m)에 닿는다. 식당, 화장실 등 편의시설을 갖추고 있어 덕유산 종주나 구천동으로 내려오려는 등산객들이 많이 이용하며 주말에는 예약을 해야 기다리지 않고 탈 수 있다. 이용료는 꽤 비싼 편. 참고로, 리조트와 관광곤도라는 건설기업 (주)부영이 운영한다.
무주군 설천면 만선로 185(설천면 심곡리 1287-2), 063-320-7381, http://www.mdysresort.com

* 빨강치마 캠핑리조트

무주읍에서 멀지 않은 밀모산 중턱에, 적상산을 마주 보고 있는 리조트 겸 카라반, 글램핑 및 오토캠핑 숙소로서 특히 석양이 아름답기로 명성이 높다. 적상산은 가파르고 우뚝 솟아서 막상 적상산 안에서는 이 산의 진풍경을 한 눈에 담아보기 힘든데, 이 곳에 가면 적상산의 절경을 시원하게 내다볼 수 있어 가을철 단풍 감상명소로도 인기다. 소셜커머스로 결제하면 이용료도 비교적 합리적인 편이다. 무주군 적상면 밀모길 79-14(적상면 사산리 산 235), 063-322-7000, http://www.milmo.co.kr

* 서림연가

무주구천동 입구의 최고급 펜션으로 5성급 시설을 갖추고 있다. 무주산골영화제의 홍보대사를 맡았던 연예인들의 지정숙소였는데, 아무런 불평도 듣지 못했던 만족감 높은 숙소이기도 하다. 무주군 설천면 원삼공2길 25(설천면 심공리 282), 010-4442-4567, http://www.seorimyeonga.com

* 무주읍내 추천 숙박업소

등나무운동장 아래편에 **J모텔**(063-322-8998, 무주읍 당산리 1238, 무주읍 한풍루로 323)이 있고, **공용터미널** 부근에 **이리스모텔**(063-324-3400, 무주읍 당산리 720, 무주읍 한풍루로 381-7)도 있지만 앞서 밝혔듯 개인적으로 가장 흡족했던 숙소는 2018년에 리모델링한 **기린모텔**(063-324-5051, 무주읍 읍내리 856-4, 무주읍 단천로 74)이었다. 대도시의 모텔 수준에 가장 가까운 곳이기도 했고, 공무원을 하다 퇴직한 주인장의 친절함도 한몫 했다. 무주 읍내에는 호텔이 없다.

* 무주읍 외의 숙박업소

펜션은 설천면과 구천동 부근에 몰려 있으며 그중 추천할만한 곳으로는 설천면의 **설국펜션**(063-324-2220, 무주군 설천면 원삼공2길 9-7, 설천면 삼공리 288), **무주다다펜션**(063-322-7992, 무주군 설천면 외배방길 22, 설천면 심곡리 624-6, http://www.mujudada.co.kr), 구천동 주차장 부근에 위치한 **무주 나봄리조트**(063-322-6400, 무주군 설천면 월곡길 45, 설천면 삼공리 558-1, http://muju.nabomresort.com), 무주군이 직영하는 **무주 덕유산 레저바이크텔**(063-322-2882, 무주군 설천면 구천동로 968, 설천면 삼공리 822-3, http://4s.mj1614.com) 등이다.

* 본문 외에 주민들로부터 추천받은 곳 중에 맛있던 식당

당연한 일이겠지만 무주군내의 모든 식당을 다 가보지는 못 했다. 주로 무주읍과 구천동에 머물렀는데, 책에 싣지 않은 식당 중에서 입맛에 맞았으며 값도 괜찮았던 식당을 정리했다.

- **향토식당**(무주군 무주읍 단천로 78-4, 무주읍 읍내리 872-1, 063-322-2344) : 한식당으로 좋은 가격에 푸짐한 접시와 냄비요리를 낸다. 저녁에 술을 곁들이기도 좋다.

- **모든이의하우스**(무주군 무주읍 주계로8길 8-6, 무주읍 읍내리 243-4, 063-324-1999) : 골목 깊숙이 위치한 한식집으로 백반과 콩나물국밥이 좋았다. 후문에

듣기로는 고기류도 괜찮다고.

- 포시즌(무주군 무주읍 당산강변로 146, 무주읍 당산리 1257-5, 063-322-8855) : 한식과 퓨전경양식을 같이 하는 식당으로 머루소스로 만든 돈까스가 아주 맛있다. 덕화리버사이트 모텔 1층에 있다.

- 단물식당(무주군 무주읍 주계로8길 9, 무주읍 읍내리 236-8, 063-322-1128) : 한식당이며 특히 식사류와 콩국수(여름 한정)를 잘한다. 삼겹살도 괜찮다는 후문.

- 그밖에도 무주군의 중국음식점의 식사메뉴는 전부 평균 이상의 솜씨를 선보인다. 먹을 게 없다고 생각되면 여기서는 중국집을 찾는 것도 좋은 선택이다.

- 루시올뱅(무주군 설천면 청량리 64-2, 063-324-2312) : 태권도원 바로 앞에 자리잡은 곳으로 돈까스가 괜찮은 편.

- 반햇소 농장한우정육전문점(무주군 적상면 적상산로 3, 적상면 사천리 307-3, 063-324-9282) : HACCP 인증과 무항생제 한우 인증을 받은 지역민들 사이에 입소문난 우리 소고기집이다. 저렴하진 않지만 품질 하나는 최고라고.

* 개인적으로 자주 이용했던 택시는 무주군 개인택시조합의 조합장이기도 하셨던 정경래 기사님(010-5461-7310)의 개인택시와 여성운전자이신 김현진 기사님(010-9402-2754)의 무주구천동 택시였다. 두 분 다 친절하고 싹싹하시다. 무주는 거리가 광활한 탓에 생각보다 미터기 요금이 많이 나온다. 2018년 기준으로 시간당 2만5천원, 4시간에 10만원 정도로 대절해 이용했다. 2019년에 택시 요금이 인상되었으므로 아무래도 더 올랐을 게다. 차 없이 특정 장소만 다녀오고자 한다면 참고하길 바란다.